悪夢のクローゼット

木下半太

幻冬舎文庫

悪夢のクローゼット

目次

【登場人物】

長尾虎之助　高校三年生。清冠学園高校野球部のエースで甲子園の悲劇のヒーローになる。
通称・トラちゃん、キラキラ王子。

火石　猛　体育教師。四十二歳。野球部の監督で暴力教師。清冠学園のボス的存在。
通称・猛マン。

山下稲次郎　国語教師。四十四歳。メタボ体型の演劇部顧問。説教がねちっこい。
通称・稲次郎。

杉林　進　世界史教師。三十七歳。身長が百九十センチのバレーボール部の顧問。
通称・電柱。

風見　光一　数学教師。二十五歳。メガネをかけたイケメン。ノリがチャラい。
通称・コーチン。

武田　信房　生物教師。五十歳。不潔でストーカー体質。学園イチの嫌われ者。
通称・リアル妖怪。

塩沢みな美　英語教師。二十六歳。美人で清純、性格もいい。学園のマドンナ。
通称・みなフォン、みな美先生。

人が恋に落ちるのは重力のせいではない。

——アインシュタイン

プロローグ　一カ月前

夏の甲子園。決勝戦――。

照りつける真夏の太陽の下、長尾虎之助はマウンドで一人、涙を流していた。

ピッチャーとは、孤独なポジションである。一度ゲームが始まってしまえば、マウンドを降りるまで誰の力も借りることはできない。そのときチームメイトたちは、長尾虎之助を励ますためにマウンドに駆け寄ることはできないし、満員のスタンドからの応援も、彼には届いていなかった。

延長十二回裏、一対一の同点。緊張で硬くなった内野守備陣の信じられない三連続エラーにより、ノーアウト満塁、一打サヨナラの局面を迎えていた。

カウントは、スリーボール、ノーストライク。

ここまで好投していた長尾虎之助だったが、緊張の糸が切れたようにストライクが入らなくなった。

三つ続けてボールを投げたあと、彼の目から涙が溢《あふ》れた。

太陽の光を受けてキラキラと輝くその涙は、全国の視聴者の心を鷲掴《わしづか》みにした。テレビカメラもここぞとばかりにズームで長尾虎之助の顔に寄る。

悲劇のヒーローの誕生である。

長尾虎之助の活躍を、手に汗握り応援してきた女性たちも、テレビの前で一緒に泣いた。何十万人の人間が「トラちゃん、かわいそう……」と呟《つぶや》いたことだろうか。

すでに、この夏の甲子園では、長尾虎之助フィーバーが巻き起こっていた。

色白でファッションモデルのようなスタイルの投手が勝ち残っていったのだから、当然といえば当然だ。純朴で笑顔も爽やか。「トラちゃん」の愛称で全国的な人気を得ていた。

そのスーパースターが、決勝のマウンドで涙を流したとなれば、これは事件である。たとえ相手チームがサヨナラ勝ちを収めようとも、明日のスポーツ新聞の一面もニュースのトップ画像も、美男子投手の涙が飾ることはまちがいない。

長尾虎之助は涙を拭かず、そのままセットポジションの体勢に入った。脚を上げ、渾身のストレートをキャッチャーミットに投げ込んだ。

大きく外れた。

スタンドからは、相手チームの勝利を祝う大歓声よりも、長尾虎之助ファンの悲鳴とため息が、こだました。

三塁ランナーが両手を上げて、ホームベースを踏み、ベンチから飛び出してきたチームメイトたちと抱き合う。

しかし、カメラは、膝《ひざ》をついてうずくまるピッチャーを映し出していた。満員のスタンドの視線もマウンドに集まる。

長尾虎之助は、その視線を思う存分に堪能しながら思った。

「泣く練習しておいて、マジ良かった」

第一章　クローゼットの王子

1

「先生が服を脱がせてあげる」

長い長いキスのあと、みな美《み》先生が言った。陽気で爽やかないつもの印象とはまるで違う、ねっとりとした蜜みたいな甘い声だ。

こ、これが、大人の女ってやつか。

僕は動揺を悟られないように胸を張った。監督に塁間ダッシュを十本やらされたときよりも確実に、心拍数が跳ね上がっている。

「耳、熱くなってるよ」

みな美先生が僕の左の耳たぶを触ってきた。ゾクゾクと全身の毛が逆立つ。

僕とみな美先生はベッドに並んで座っていた。ここは、みな美先生のマンションの寝室で、もちろん二人きりだ。

「こっちを向いて、万歳して。虎之助君」

僕は、言われるがまま両腕を伸ばした。みな美先生が、僕のTシャツに手をかけて脱がしにかかる。

「すっごい、筋肉。やっぱり鍛えてるんだね。触っていい？」

みな美先生が、Tシャツをフローリングの床に置き、僕の大胸筋をひとさし指でツンツンした。

この時点で、興奮は最高潮だった。いつも教壇で英語の授業をしているみな美先生が別人のように思えてきた。

「次は、ジーンズを脱ごうか」みな美先生が、僕のベルトに手をかけようとする。

「いや、これは、自分で脱ぎます」

「いいの。先生に任せて」

まるで、夢を見ているようだった。学校中の男たち（生徒だけではなく、男性教師から校務員のおじさんまで）が憧れている教師と、一夜を共にできるなんて。

塩沢《しおざわ》みな美先生は、僕が通う私立清冠学園高校で英語を教えている。二十六歳の独身。十代の頃は、アメリカのワシントンで暮らしていたというから、英語の発音はネイティブに近い。

「女子アナになればよかったのに。みなフォンなら、絶対になれたで。しかも局の看板になれるな」

毎日一回は、生徒の誰かがこの台詞《せりふ》を言う。

たしかに、そのとおりだ。長い黒髪を揺らし、渡り廊下を歩く姿は清純そのものだった。トレードマークの白いブラウスが異様なほどに似合う。そんなものあるわけないけど、『全国ブラウス選手権』があれば三連覇は成し遂げるだろう。

明るく元気、ちょっぴりドジなキャラクターで、生徒たちからは、「みなフォン」と親しまれている。あだ名の由来は、みな美先生が授業中の雑談で、『笑っていいとも!』のコーナーの『テレホンショッキング』のことを流暢な発音で「テレフォンショッキン」と言ったのが、生徒たちに大ウケしたからだ。

みな美先生は、男子だけじゃなく、女子にも人気があった。

「みなフォンって、体細いし、脚長いよね。でも、胸はあるから羨《うらや》ましすぎるわ」

「肌もツヤツヤやし。化粧品、何使ってるんやろ?」

「絶対に、ええとこのお嬢さんやで。溢れ出てる気品が、全然、嫌味とちゃうもん」

みな美先生が前を通りすぎる度に、女子のグループが呟く。嫉妬を超えた憧れの存在なのだ。

しかも性格までいい。正義感が強く、間違ったことは許せないタイプでもあった。野球部の鬼監督にも向かっていけるのは、みな美先生ぐらいだ。不良生徒の胸ぐらを掴む監督に、「やめてください。私、暴力が大嫌いなんです」と食ってかかったときは、周りにいた生徒から拍手が起きた。

古い言い方をすれば、みな美先生は学園のマドンナだ。現に、教室で先生と話していると、自分が青春学園ドラマの主人公にでもなった気分にさせられる。

そんなみな美先生が、今、僕の目の前で下着姿になっている。

しかも、黒色のブラとパンティ。意外だった。みな美先生のキャラクターなら、てっきり、下着も白色だと決めつけていた。

「こんな下着でショッキン？」みな美先生が、見透かすように言った。相変わらず、流暢な発音だ。

「はい。とてもショッキングです」僕は、正直に答えた。

実は下着の色よりも、普段はブラウスで隠れている豊満な胸の谷間が想像以上で驚いていた。

「素直でよろしい」みな美先生が、悪戯《いたずら》っ子のような目で僕を見ながら、ジーンズのファスナーを下ろす。

今や、全国の人が僕を素直な好青年だと思っている。コンビニで立ち読みした雑誌で、『孫にしたい有名人』の第一位に僕の名前があった。

本当に、この顔に生まれて良かった。神様と両親に感謝した。特に母親に。母は近所でも評判の美人だからだ。

この顔のおかげで、無駄な敵を作らなくて済む。たとえば、どれだけエグく打者の胸元を責めてデッドボールを当てたとしても、下唇を噛《か》んで帽子を取れば世間は許してくれる。実況のアナウンサーも、「長尾虎之助君、珍しく手元が狂いましたね」と擁護する。

本当は自分のことを「俺」と言いたいのだけれど、あえて「僕」と言っている。そんな言い方をするのは、野球部で僕一人だけだ。最初は、先輩や同級生から「何が僕やねん、キモいの」とからかわれたが、気にしなかった。

この世は、キャラがすべてだ。キャラに合った言動を取れば、自ずと成功できる。どうして、こんな簡単なことを皆はわかっていないのか、不思議でしょうがない。

今年の夏、清冠学園が甲子園で準優勝できたのは僕のおかげだ。僕がいなければ、たぶん、一回戦どまりだった。とにかくこのチームは、打線がひどい。あの決勝戦も、みんながさっさと打ってくれていれば、難なく優勝できたのに。点が取れたのは僕のソロホームランの一点だけだった。九回裏に、レフトのエラー（ポテンヒットを無理やり突っ込んで後逸し、三塁打にした）で同点に追いつかれ、十二回裏で、セカンドとショートとサードが連続でトンネルしやがった。

ありえねえよ。まったく。

打たれるぐらいなら、一番目立つ方法で負けてやる。

僕は、幼稚園の頃に飼っていた柴犬のバースが死んだときのことを思い出しながら投球した。三球投げたところで、やっと涙が零《こぼ》れてくれた。

危なかった。あのとき泣けなかったら、人生が大きく変わっていた。こうして、憧れのみな美先生の寝室にも来られなかっただろう。

決勝戦で負けてラッキーだった。悲劇のヒーローになったほうが、大衆の記憶に残る。実況アナウンサーが、「泣いています！　長尾虎之助の涙が、真夏の太陽の光を受けてキラキラと輝いています！」と絶叫したせいで、『キラキラ王子』とマスコミに名付けられたのは最悪だったけれど。

まあ、いい。僕は選ばれた人間なのだ。


「はい。脱げた」

みな美先生が、僕の脚からジーンズを引き抜く。少し乱暴なところが、また堪《たま》らない。

とうとう、僕はトランクス一枚になってしまった。

みな美先生が、ベッドに座っている僕を見下ろすように立ち上がり、妖《あや》しい笑みを浮かべた。

「先生、虎之助君のファンの子に怒られちゃうなぁ。本当は彼女いるんでしょ？」

「いません」

「勿体《もったい》ない。今、日本で一番モテる高校生なのに」

「そんなことないです」

たしかにモテる。モテすぎて困り果てているのが事実だ。

気楽にコンビニにも行けない。店員だけじゃなく、オニギリを配送してきたおじさんまでもがサインを求めてくる。

ラブレター攻撃も尋常じゃない。学園のロッカーや机の中にとどまらず、いつどうやって入れたのか、鞄や弁当箱の中に入っていることもある。まるで、くノ一から惚れられているみたいだ。どこを歩いていても熱い視線を感じる。

一番困るのは、身の回りの物がどんどんファンたちに盗まれてしまうことだ。教科書から上履きまで、窃盗団に狙われているんじゃないかと錯覚してしまうほど、どんどん消えていく。全校集会で生徒会長が「長尾虎之助君の私物を盗まないようにしましょう」と注意したぐらいだ。まあ、これも有名税だと諦《あきら》めているけれど。

ぶっちゃけ、僕が手を上げれば、蜜に吸いよせられる蝶みたいにフワフワと女が寄ってくると思う。

しかし、素朴で純粋な長尾虎之助に、女はいらない。今、恋人の存在が明るみに出るのは、マイナスイメージになる。野球一筋に打ち込んでいる姿をアピールしたほうが、絶対に得だ。

実際、東京から芸能事務所がいくつか面会を求めてきた。有名なプロスポーツ選手が、CMやバラエティー番組の出演などの際に、マネージメントを受ける時代なのだ。ネットで調べたら、爽やかをウリにしている現役高校生のプロゴルファーのCM契約料が一本七千万円。スポーツメーカーの契約料を合わせると、年間二十五億円を稼いでいるらしい。

僕が数年後にそのレベルと肩を並べるためには、スキャンダルは避けたい。今、焦慌てなくとも、プロで活躍すれば、芸能人や女子アナが勝手に寄ってくるだろう。今、焦って二流の女たちと付き合って、格を落としたくない。

だけど、どうしても、みな美先生の誘惑には勝てなかった。

進路相談室で二人きりになったとき、「続きは今週の日曜日に私の家でやりましょう。虎之助君も落ち着いた場所のほうが、ゆっくり相談できるでしょ」と言われたのだ。

たしかに、進路相談室前の廊下には女子たちが溢れ返っていた。どこに行っても握手やサインを求められ、携帯で勝手に写真を撮られる。家の外に、今の僕が落ちつける場所はない。

このマンションに来るのにも、帽子とマスクとサングラスの重装備でやって来た。正直、よこしまな期待はあったが、真面目なみな美先生のことだから、本当に進路相談をするんだろうと、とにかく期待しすぎないように自分を戒めながらインターホンを押した。

なんと、みな美先生は、バスローブ姿で部屋から出てきた。僕はど真ん中に剛速球を投げ込まれた打者みたいに、面食らって思わず金縛りにあってしまった。

「待ってたわ。未来のスーパースターさん」

みな美先生は、動けない僕の手を引き、寝室に連れて行った。

いきなりの展開に僕はパニックになった。野球の試合で修羅場を潜《くぐ》ってきた経験が、〝実戦〟では、まったく通用しない。

寝室は、想像していたよりも、大人びた感じだった。みな美先生なら、まっ白なベッドシーツに花柄のカーテンや巨大なぬいぐるみ、可愛らしい雑貨が並んでいると思っていた。勝手なイメージで言えば、北欧のお姫様の寝室のような。だけど実際は薄いグレーのベッドシーツに、クリーム色の無地のカーテン。ぬいぐるみや雑貨の代わりに、洋書やシャープな形の間接照明があった。サイドテーブルの上には、Ｍａｃのノートパソコンが置かれている。

そして、ベッドの背がくっついている壁、つまり枕側の壁には、アインシュタインのモノクロ写真が飾ってあった。ベロを出している有名なやつだ。やたらと、サイズがデカい。縦幅が一・五メートルはある額縁に入っている。

何よりもビックリしたのは、みな美先生が住んでいるのが、かなりの高級マンションだったことだ。難波《なんば》駅の裏のショッピングモール《なんばパークス》に隣接している超高層マンションの四十四階。リビングから見える大阪の街の夜景が半端なく綺麗だった。カウンターとセットになっているダイニングキッチン（アイランドスタイルというやつだ）は豪華だし、リビングには革張りのソファやグランドピアノまである。キッチンのカウンターには、芸術作品みたいな歪《いびつ》な形をしたラックに、高そうなワインが飾られていた。新潟の農家出身の僕にとっては、「ハリウッド映画のセットかよ！」とつっこみたくなるぐらいの代物《しろもの》だ。教師の安月給では、絶対にこんな部屋には住めない。みな美先生の実家が大金持ちだという噂は本当みたいだ。

僕も、いずれこんな部屋に住んでやる。挨拶に来た球団はどこも、契約金は一億円プラス出来高五千万円は用意すると言ってくれた。怪我さえしなければ、いける。

みな美先生は、密《ひそ》かに闘志を燃やしている僕をベッドに座らせ、はらりとバスローブを脱ぎ、情熱的なキスをしてきたというわけだった。

「お風呂、一緒に入ろうか」

みな美先生は、トランクス一枚になった僕をベッドから立たせようとした。

「大丈夫です。一人で入れますから」

「遠慮しないで。先生が体洗ってあげる」

「いや、マジで、大丈夫なんで」僕は、両手を振って拒否した。

「顔が赤くなってる。可愛い」

「みな美先生、アインシュタインが好きなんですか」緊張のあまり、つい変な質問をしてしまった。

「別に好きじゃないよ」みな美先生があっけらかんと答える。

好きじゃないならどうして写真を飾るのだろう。でも、そういうところがみな美先生の魅力でもある。

こんなデカい顔の前でエッチするのは、ちょっと嫌だ。見られているようで集中しにくい(アインシュタインが舌を出しているせいか、卑猥に見える)。電気を消したいけれど、みな美先生の体を見たいから消したくない。

「じゃあ、私はベッドで待ってるね」

みな美先生がクローゼットを開けて、バスタオルを取り出した。

おいおい、クローゼットも広すぎるだろ。ウォークインクローゼットってやつか。チラリと中を覗《のぞ》くと、引き出しのついた衣装ケースの他に、大量の箱が積まれていた。

「あれ、全部、靴ですか？」

「そうなのよ。下駄箱に入りきらなくて。部屋はもう二部屋あって、ひとつを衣装部屋にしてるんだけど、そこにも入りきらないのよね」

今すぐにでも靴屋を開けそうな数だ。しかも、服のために部屋を潰《つぶ》すなんて、贅沢にもほどがある。

見てろよ、みな美先生。こっちは、野球道具の部屋を作ってやるからな。

元々負けず嫌いな僕は、クローゼットに対抗心を煽《あお》られたまま、バスタオルを受け取った。

トランクスを脱ぎ、バスルームへと入った。

すげえ。ラブホテルみてえな風呂……。

なんと、壁に小さなテレビ画面が埋め込まれている。それに加え、浴槽の横のスイッチを押せば、泡が出るジャグジー機能付きだ。

僕は、シャワーを浴びながら、自分のアソコを確認した。ダメだ。ピクリともしない。健康な十八歳ならば、こんな夢のようなシチュエーションだとギンギンになるはずだろうに。

自分自身が腹立たしい。

僕が彼女を作らない理由がもうひとつある。十五のとき、初体験に失敗して、それがトラウマになったからだ。地元のラブホテルで、中学時代の彼女とエッチをしようとしたものの、緊張のあまり勃起してくれなかった。以来、数回、他の女の子たちとも機会があったけれどダメで、その度に「野球の練習のしすぎで疲れているから」と誤魔化してきた。甲子園に出てからは、怖くて挑戦していない。

でも、年上の女性なら、きっと何とかしてくれる。

有名人だから風俗にも行けない。この機会を逃せば、僕は一生童貞だ。このままだったら、本当に悲劇のヒーローになってしまう。

不安なのは、さっき、みな美先生のセクシーな下着姿を見てもキスをしても、アソコが反応しなかったことだ。こうなったら、素直に童貞だと告白してみるか。何せ、今夜は〝相談〟をしにやって来たのだから。

かすかに、インターホンが鳴った気がした。シャワーを止めて、バスルームのドアを少し開けてみる。やっぱり、そうだ。誰かが、この部屋のインターホンを連打している。

脱衣所のドアが開いて、血相を変えたみな美先生が飛び込んできた。

「えっ？　ど、どうしたんですか」僕は、慌てて股間を隠した。

「いいから、出て！」

玄関のドアを激しく叩く音もする。

「でも、パンツが……」

「早く穿《は》いて！」みな美先生が、脱衣所で脱いだトランクスを投げてきた。

僕は、わけもわからず、パンツ一丁で廊下に出た。みな美先生が、もの凄《すご》いスピードで廊下についた僕の足跡をバスタオルで拭いていく。何が起こったんだ。とりあえず、服を着なきゃ。

寝室に戻ろうとしたとき、玄関のドアから男の声がした。

「開けろ！　おるのはわかっとんねん！」

聞き覚えのある怒鳴り声だ。て言うか、今年の夏までは、毎日、グラウンドで聞いていた声だ。

「みな美！　俺だ！　開けろ！」

ドアの向こうに、野球部の鬼監督がいる。

2

監督の名前は、火石猛《ひいしたけし》。名前からして、いかつい。

角刈りに限りなく近いスポーツ刈りで、猿人かと思うぐらい日に焼けている。眉毛は、油性マジックで描いたのかと思うほど濃く、カミソリのような目つきで生徒たちを威嚇する。いつも、タンクトップを着ては、太い腕と厚い胸板を強調していた。

あだ名は、猛《たけし》マン。四十歳を超えているくせに、アメコミに出てきそうな強靭《きょうじん》な体つきをしているからだ。もちろん、本人の前じゃ口が裂けても言えない。火石は、このご時世にあって、体罰スレスレの暴力行為を平気な顔で実行した。トイレで隠れてタバコを吸っている生徒を見つけたときは、パンチで個室トイレのドアを破壊した。まるで、『超人ハルク』だ。

他校で監督をしていた火石を十年前に招いてから、野球部は驚異的に強くなった。ちなみに、火石自身も社会人野球で全日本に選ばれたほどの選手だった。清冠学園は全国にスカウトの目を張りめぐらせ、優秀な生徒を掻《か》き集めた。僕もそのうちの一人だ。最初は大阪の学校に通うことに抵抗があったけれど、寮には地方から集まってきた生徒ばかりで、すぐに溶け込むことができた。

野球部が甲子園の常連校となってから、学校で火石に逆らう者は誰もいないらしい。火石は清冠学園の絶対王者だ。セクハラ気味の発言も多く、スナックで酔っぱらっているオヤジみたいな態度で、みな美先生によく絡んでいる。

*

玄関のドアを凝視している僕の手をみな美先生が引いた。

「虎之助君、隠れて。すぐに。絶対に見つかっちゃダメよ」

寝室のドアを閉めたみな美先生が、早口の小声で言った。

「どうして、火石監督が……」

「理由を説明している時間はないわ。いいの？　見つかったら退学になっちゃうよ」

それは、ヤバい。ドラフト会議前に問題を起こせば、どの球団も指名してくれなくなる。

「どこに隠れたらいいですか？」

みな美先生が、泣きそうな顔で寝室を見渡した。インターホンは、激しく鳴り続けている。

「バルコニーか、クローゼットのどっちかね」

高所恐怖症じゃないけれど、四十四階の高さのバルコニーに出るのは嫌だ。

僕は、咄嗟《とっさ》にクローゼットに駆け込んだ。扉を閉めてから自分の服を拾い忘れたことに気づき、戻ろうとした。

「閉めて」みな美先生が小さく鋭い声で言い、睨《にら》みつけてくる。

「でも、服を……」

みな美先生は、素早い足捌《さば》きで僕のTシャツやジーンズをベッドの下に押し込んだ。

「何があっても出てきちゃダメよ。あと声や音も出しちゃダメ。靴箱には触らないで。不安定だから、いつ崩れるかわからないの」

「は、はい」僕は、震えながら頷《うなず》いた。

「もう一度言うわ。見つかったら、虎之助君の将来はなくなるからね」

みな美先生が、クローゼット内の電気を壁のスイッチで消し、扉を閉めた。

く、暗い……。扉がブラインド状になっていて、隙間から、寝室の明かりがわずかに漏れてくるだけだ。その扉の隙間から覗くと、何とか寝室の様子を見ることができた。だけど角度が悪く、部屋の下半分くらいしか見えない。ちょうど縦に入った隙間を見つけた。そこからだと何とか全体を見渡せる。ちょうど、アインシュタインの写真が真っ正面に見えて、目が合った。舌を出しているので馬鹿にされているような感じがする。憧れの先生と夢の初体験をする寸前にこんな目に遭っているのだから、馬鹿にされて当然だ。

みな美先生は、すでに寝室にいなかった。カチャカチャとチェーンロックを開ける音が聞こえてきた。火石を部屋に入れるつもりだ。

ありえないぐらい心臓がバクバク言っている。延長十二回裏サヨナラのピンチを迎えたときよりも遥かに心拍数が高い。

火石は生まれながらのサディストだ。選手たちが苦しむ顔を見て快感を得ているに違いない。地獄の百本ノックというメニューがある。炎天下の中、百本キャッチできるまでノックが続くのだ。ノックをするのは火石じゃなくてキャプテンと副キャプテンだ。守る人間はもちろん、打つ人間もバテバテになっている様を火石はクーラーの効いた体育教官室からニヤニヤ見ているだけだ。ノックが終わるまで水分の補給は許されない。僕も三回ほどやらされたことがあるけれど、本気で火石に殺意を覚えた。

そんな鬼監督が、突然、乱入してくるなんてありえない。それもみな美先生の自宅だ。見つかったら何をされるかわかったもんじゃない。

二人の足音が聞こえる。リビングで話をするようだ。

少し、ホッとした。大人しくここに隠れていれば、そう簡単には見つからない。

何か着るものはないかな。さすがに、この恰好じゃ居心地が悪い。大量に積み上げられている靴箱以外には、衣装ケースが二つしか置いてなかった。引き出しを開けて中を確認すると、ひとつのケースにはタオル類、もうひとつのケースには下着類が入っていた。

みな美先生、すげえの穿いてんだな……。

地味な下着なんて一枚もなかった。Tバックは何枚もあるし、透けすぎてもはやパンツの役割を果たしそうにないものまである。

いや、それどころじゃなかった。火石は、どうやって僕とみな美先生の関係を知ったのだろう。このマンションに入るのを誰かに目撃された？　有名人ってのはいくら変装をしようが、バレてしまうものなのか。今後、気をつけなくちゃ。そういえば、みな美先生、バスローブ姿のまま出ていったけれど火石の前でそんな恰好で、大丈夫だろうか。
「俺は、お前のこと本気で愛しとったんや」
火石のくぐもった怒鳴り声が聞こえた。馬鹿でかい声のおかげで、クローゼットにいても
会話が聞き取れる。
ん？　お前のこと、本気で愛しとった？
この場合、「お前」とは誰のことを指すのだろう。少し考えればわかる。みな美先生しか
いない。
ちょっと、待てよ。たしか、火石は奥さんも子供もいるはずだろ。遠征試合のバスの中でも、
「三人の息子には野球をさせたいんやけど、サッカーにしか興味持ちよらへんねん。腹立つ
から、この前、サッカーボールにドライバーで穴あけたった」ってボヤいてたじゃないか。
みな美先生が何かを言い返した。ただ、声が小さくボソボソとしか聞こえない。僕は、ク
ローゼットの壁に耳をつけ、何とかみな美先生の言葉も聞こうとした。靴箱に囲まれてはい
るけれど、畳一枚ほどのスペースはある。
「みな美、俺を破滅させたいか」
今度は、ハッキリとみな美と言った。後頭部を金属バットのフルスイングで殴られたよう

な「ショッキン」だ。

　みな美先生は、火石と不倫をしていたんだ。

　腹の底から、ありえないぐらいに怒りが込み上げてくる。今までは、チームメイトがどれだけエラーをしても、「トラちゃんスマイル」で自分をコントロールする術《すべ》を磨いてきた。イライラして怒りをぶちまけるのは、長尾虎之助のキャラからズレている。でも、今夜は笑えない。鏡がないからわからないけれど、今の僕は本物の虎よりも険しい顔つきになっているはずだ。

　……みな美先生は、とんだアバズレ女だったってことかよ。火石と肉体関係があるのに、僕にも手を出そうとした。そんなに、野球をやっている男が好きなのか。

「もうやめてくれや。これ以上、俺を追い詰めんとってくれ」

　火石が叫び、ゴンと鈍い音がした。たぶん、壁かキッチンカウンターを殴った音だ。もしかしたら、みな美先生が殴られて倒れたかもとハラハラしてしまう。

　また、みな美先生のボソボソ声が聞こえた。やっぱり、何を言っているかわからない。

「うるさい！　もう騙《だま》されへんぞ！」

　火石が、さらに大声になる。生まれも育ちも大阪の下町な上に、体育会系だから声がデカい。ワシントン育ちのみな美先生とは声の差がありすぎる。何をそんなに揉《も》めているんだ。

火石の口からは、「破滅」「追い詰める」「騙す」と、穏やかじゃない単語がポンポンと出てきた。

「こっちにはな、証拠が揃っとるねん！」

証拠？　どうも普通の別れ話じゃなさそうだ。

みなフォン……何やってんだよ、まったく。

はっきり言って、みな美先生には幻滅した。清純で明るくて、ちょっぴりドジなキャラは、彼女が作り上げてきたイメージだった。実は、今までずっと、学校中の男たちを騙していたんだ。僕には言われたくないだろうけど、酷《ひど》い女だ。

こんなことなら、助けなきゃ良かった。

＊

みな美先生は、ストーカーの被害に遇《あ》っていた。

ロッカーが荒らされて私物が盗まれたり、職員室に置いておいた鞄から、食べ終えた弁当箱だけがなくなったりしていたのだ。

「犯人は、武田《たけだ》先生だと思うの」

進路相談室で、みな美先生が打ち明けてくれた。僕もそうじゃないかと思っていた。あの変態ならやりかねない。

武田信房《のぶふさ》は、清冠学園で生物学の教師をやっている。学園で一番不気味な男だ。あまりにも、水木しげるが描く妖怪に似ているので、生徒たちからは陰で「リアル妖怪」と呼ばれていた。

とにかく、ルックスがヤバい。前頭部は禿《は》げているくせに、ボサボサの後ろ髪を肩まで伸ばし、四方八方にフケをまき散らしている。眉毛は薄すぎてないにも等しく、目脂《めやに》がこびりついた目は半分しか開かず、鼻からは密林のような鼻毛が顔を覗かせていた。顔中に吹き出物があり、それを痒《かゆ》そうにボリボリとかいては、爪に溜《た》まったカスを食べているのを何度も目撃した。歯は何年も磨いていないのか、ブルーベリーが腐ったような色で、ゲップをすればゴミ収積車が通った臭《にお》いが辺り一面に漂う。休み時間になると、黄色い染《し》みだらけの白衣を着て校内を彷徨《さまよ》い、女子生徒たち（特に脚。かなりの脚フェチと見ている）をナメクジが這《は》うような視線で眺めては、薄ら笑いを浮かべてやがる。

その武田がみな美先生に惚れているのは、全校生徒が知っていた。みな美先生と話すときは、鼻息が異常なほどに荒くなり、ラリっているのかと思うほど目の玉をグルグル回す。みな美先生が去ったあとも残り香を楽しむように鼻をひくつかせ、ウットリした表情で後ろ姿を視姦するのだ。

僕はこの相談を受け、みな美先生にいいところを見せたいがために、放課後、生物実験室に乗り込んだ。

武田は納豆を食べていた。僕の姿を見て驚いたあと、少し照れながら言った。

「納豆からDNAを抽出していたんです。余ったから勿体ないと思いまして」

卑屈な表情で、生徒に丁寧な言葉を使うのもムカムカする。

僕は、実験台に置いてあった納豆のパックを平手で弾《はじ》き飛ばした。素朴な好青年の突然の乱暴な行為に、武田は目を丸くした。

「武田先生。みな美先生にちょっかいをかけるのはやめてもらえますか」

敬語だが、充分にドスを利かせる。

武田は、声を裏返してうろたえた。「な、何を根拠に、そんな馬鹿なことを言い出すのです？　君は学園のヒーローじゃないですか」

「だから、人助けをするんですよ」僕は、武田が持っていた割り箸を奪い、鼻毛が生い茂る穴に突っ込んだ。「またみな美先生から苦情が出たら、僕が許しませんから」

鼻血が割り箸を伝って落ちてきた。血がつかないように慌てて手を離す。

武田は、鼻の穴に割り箸を突っ込んだまま、ガックリとうなだれた。

「何か言いたいことはありますか」

僕は武田の白衣の首根っこを摑み、さらに脅しをかけた。フケが手に付くのは嫌だったけれど、このことを他の先生たちにチクられないようにしなければならない。長尾虎之助は、暴力とは無縁のキャラなのだから。

武田は、弱々しく口を開いた。

「虎之助君。成功した人間になろうとしちゃいけませんよ。価値のある人間になろうとしてください」

「余計なお世話です」

ムカついた僕は、思わず肘《ひじ》で武田の頭を小突いた。

次の日から、みな美先生へのストーカー行為はピタリと止まった。

「ありがとう。虎之助君」

二人きりの進路相談室で、みな美先生は目を潤ませながら僕の手を握ってきた。

そこで、初めて「続きは今週の日曜日に私の家でやりましょう。虎之助君も落ち着いた場所のほうが、ゆっくり相談できるでしょ」と誘われたのだった。

＊

また、インターホンが鳴った。

「ほら！　ほら！　証拠がやって来たで！」

火石が意気揚々と叫び、ドスドスとした足音を立てる。ガチャリとドアが開いた音がした。玄関へ向かったのか。

勘弁してくれよ。また、誰か来るのかよ。複数の足音が部屋に入ってきた。

「火石先生、何をとち狂った真似をしてるんだ。勝手な行動は慎んでくれ」

カン高い声の男がする。この声にも聞き覚えがあるぞ……。

「山下先生。今夜中に決着をつけるって言ったやないですか」火石が、嘆くように言った。

やっぱり、稲次郎《いねじろう》だ。

山下稲次郎は、清冠学園で国語の教師をやっている。アンパンマンにそっくりな輪郭をしているけれど、いつも目が笑っていない。眉毛はキリリと整い、鼻も高い。無理やりたとえるなら、アンパンマンと歌舞伎俳優がミックスされた顔だ。いつ見ても不機嫌そうで、チッチ、チッチと舌打ちを繰り返す。そのくせ潔癖症の気があるのか、ジャケットの胸ポケットからウェットティッシュを出しては常に手を拭いている。メタボリック症候群で、かなりの太鼓腹の持ち主だった。顔に似合わずミュージカルが好きで、演劇部の顧問を務めている。

生徒たちからは完全に舐《な》められ、「おーい、稲次郎」と呼び捨てにされる始末だ。呼び捨てにされても、稲次郎は怒るのが面倒臭いのか、舌打ちをするだけで注意をしようともしない。

どうして、火石と稲次郎が揃うんだよ。いや、それに、まだ他の人物の声も聞こえてくる。

「火石先生。まずは、冷静になりましょうや。怒りは事態を悪化させるだけですよ」低く渋い声が宥《なだ》めに入る。

「そうそう。五人で話せば必ず解決策が見つかると思います」場違いかと思えるほど、ハツラツとした元気な声の奴もいる。

五人？　みな美先生の他に、四人も男がいるってことか。

唐突に、寝室のドアが開き、なだれ込むようにしてバスローブ姿のみな美先生と火石が入ってきた。火石の恰好は、黒のタンクトップと迷彩柄のカーゴパンツだ。知らない人が見れば軍人に見える。

心臓がバクバクしてきた。キレたら鬼のように怖い火石が、目の前にいる。せっかく、野球部が終わってあまり顔を合わせなくてすむから安心していたのに、何でこんな場所で会わなくちゃいけないんだよ。もし見つかったら、ぶん殴られるだけじゃすまねえぞ。

クローゼットの扉はブラインド状になっているし、中は暗いので向こうからは見えないはずだけれど不安になってきた。

「どうして関係のない人たちまで呼んだのよ」

みな美先生は、明らかに動揺している。チラチラとクローゼットのほうを見ながら寝室のドアを閉めた。

こっちを見ちゃダメだって！　バレたらどうすんだよ！

「関係なくはないやろ」火石は腕を組み、勝ち誇った顔で言った。

みな美先生が、わざとらしくため息をつく。「意味がわかんない」

「とぼけても無駄やぞ。皆、入って来いや」

火石の合図で、寝室のドアが開いた。稲次郎を先頭に、三人の男が入ってくる。

おいおいおいおいおい……嘘だろ。

火石と稲次郎の他に、数学と世界史の教師もいた。四人の男性教師が、怒りの形相でみな美先生を取り囲んだ。

火石が寝室のドアの鍵をガチャリと閉めた。

3

どうして、電柱とコーチンまで来るんだよ。

僕は、クローゼットの中であんぐりと口を開けた。

電柱の名前は、杉林進《すぎばやしすすむ》。清冠学園で世界史を教えている。バレーボール部の顧問で身長がとても高くて（百九十センチはある）体が細いので、女子生徒たちからは電柱と呼ばれていた。髪型は常にオールバックでキメていて、近づくと整髪料の臭いがキツい。顔はモアイみたいで何があっても表情が変わらないのが特徴だ。バレーボール部の奴から聞いた話だけれど、練習中に腕を骨折した生徒を見ても眉毛ひとつ動かさなかったらしい。こいつも奥さんと子供がいたはずだ。年齢は三十代後半だったと思う。

杉林が寝室にいると、天井が低く見える。見下ろされているみな美先生が子供みたいだ。

「わかったわ。リビングで話し合いましょうよ」みな美先生が、諦めた顔で言った。

また、チラリとクローゼットに視線を送ってくる。寝室にいれば、いつ僕が見つかるかわからない。

「ここでいいんとちゃうかな。落ち着いて話ができるでしょ」杉林が低く渋い声で言った。

杉林の恰好は、水色の長袖のシャツに、ベージュ色のチノパン。シャツには青のストライプ柄が入っている。

「そうそう。玄関から逃げられる心配もないしね」コーチンが、ニカッと白い歯を見せる。

コーチンの名前は、風見光一《かざみこういち》。清冠学園で数学を教えている。「光一だからコーチンって呼んでね！」と自ら生徒にアーピルしている。

かなりのハンサムで黒いメガネをかけているけれど、無駄に元気で空気が読めない〝空回りキャラ〟だ。黙っていれば、女子生徒から人気が出るのに勿体ない。映画研究部の顧問で少しオタクっぽい。二十五歳と若く、制服を着させれば男子生徒と見分けがつかなくなるぐらいの童顔だ。いつも、スリムのジーンズを穿いてケツをプリプリさせているので、「あいつ絶対にゲイだぞ」と噂になったこともある。

コーチンは、今日も当たり前のようにピチピチのスリムジーンズを穿いている。上は、白のTシャツに紺色のベストを羽織っていた。

火石と稲次郎と杉林とコーチン。四人の教師がみな美先生を睨み付けているのは、異様な光景だった。いつもは学園でしか会わないメンバーが、美人教師の寝室に集合している。

「この四人が揃ったからには覚悟してもらうで」火石がニヤリと笑う。「さあ、みな美先生、腹を括《くく》ってや」

「だから、意味がわかんないってば」みな美先生が髪をかきあげ、睨み返した。学校での清純な面影は、完全に消えている。

もう一度、クローゼットから寝室を確認する。キングサイズのベッドが真正面にあり、向かいの壁に頭側をくっつけて置かれている。枕の向こうにある壁からは、アインシュタインが僕を嘲笑《あざわら》っている。ベッドからクローゼットまでの距離は、五、六歩ぐらいだ。左手に寝室のドア。右手にバルコニーがあるはずだが、窓にはクリーム色の遮光カーテンがかかっている。

五人は、寝室のドア前に固まっていた。稲次郎は背中を向けていて、ここからじゃ、表情がわからない。

「最初は、私が火石先生から相談を受けた。『みな美先生と不倫をしている』ってね。いやあ、驚いたよ。まさに寝耳に水というやつだ。思わず飲んでいたほうじ茶を噴射させてしまうところだった」稲次郎が、ねちっこい口調で言った。リズムを取るように、会話の途中で舌打ちを入れる。

みな美先生が鼻で笑った。「自分も私と不倫してるわけだもんね」

僕は、クローゼットの中でガクリと膝を折った。

マ……マジかよ。稲次郎もみな美先生とヤッてんのか。信じられない。あんなデブにみな美先生が抱かれてるなんて想像できないし、したくない。

稲次郎の恰好は、ピンクのポロシャツに白のスラックス。いつも学校で見る服と同じだ。ポロシャツの脇にたっぷりと汗染みができているのが気持ち悪い。おじさん臭いセカンドバッグをその脇に挟んでいる。

「そこで、私は考えた。じっくりとね」稲次郎が、国語の授業のような口調で続ける。「塩沢みな美とは一体、何者なのだろうとね」

稲次郎が、ゆったりとした足取りで歩き、みな美先生の背後に回りこむ。

「近づかないでくれる。汗臭いから」みな美先生が、嫌悪感丸出しの顔をした。

稲次郎は、みな美先生の耳元で顔を歪《ゆが》めた。「黙れ。この恐喝屋が」

恐喝？　何を言ってるんだ、あのデブは。

「俺らは打ち出の小槌《こづち》とちゃうぞ。まあ、ホイホイと金を払ってもうたこっちも悪いねんけどな」火石が両手を握っては開き、バキバキと指を鳴らす。

「火石先生はいくら払いました？　ちなみに僕は積もりに積もって二百万円なんですけど」

コーチンが言った。

「俺はその倍以上は払ってる。ヤバいところからも金を借りてな」火石が、苦虫を嚙みつぶしたような顔で呟く。

コーチンが口笛を鳴らした。このシリアスな空気でもチャラい野郎だ。

「何言ってんの？　それだけ私を抱いたんだから仕方ないでしょ。馬鹿じゃない」みな美先生が、アバズレそのものな台詞を吐く。

火石の肩の筋肉が、怒りで盛り上がった。「お前は娼婦か？」

「よく言うわよ。縛られて、お尻叩かれて喜んでたくせに。ＳＭ願望を私で満たしたかったんでしょ」

　みなフォン、怖いよ。火石が不良生徒の胸ぐらを摑んだとき、「やめてください。私、暴力が大嫌いなんです」と言ってたじゃないか。気のせいか、みな美先生の目が魔女のように吊り上がって見えてきた。

　それにしても、てっきりサディストだと思っていた火石が、その逆だったなんて。知っていたなら金属バットでケツをしばいてやったのに。

　人は見た目じゃわからない。いい社会勉強になる。

「火石先生にそんな性癖があったとは意外だな」稲次郎がニヤつく。

「山下先生のもバラしましょうか。私のおっぱいを吸うとき赤ちゃん言葉になっていること」

「おい！　サラリとバラすんじゃない！」稲次郎が顔を真っ赤にする。

「まさかの赤ちゃんプレイですか」コーチンが堪えきれずに噴き出した。

「……なめとんのか、この女は」火石が歯を食いしばり、ワナワナと震えだした。

「火石先生、落ち着きましょ」杉林が表情を変えずに、火石の腕を摑んだ。

「まさか、同じ学校で四人の男と不倫をしているなんてね」稲次郎が気を取り直して、また歩きだした。「ずっと気づかず、君に夢中だった我々は前代未聞の大マヌケだ」

僕は驚きを通り越して、呆《あき》れ果てた。みな美先生は、ここにいる教師全員とセックスをしていたんだ。しかも、金を要求しているなんて最低の女じゃないか。

学園での清純なキャラは何だったんだ……。全校生徒が完全に騙されていた。

稲次郎は、ポロシャツの胸ポケットからウェットティッシュを取り出し、首筋の汗を拭《ぬぐ》いながら言った。

「客観的に職員室を見渡せば、誰が君と肉体関係があるのかすぐにわかったよ」

「山下先生と火石先生から声をかけられたときは度肝を抜かれちゃいました。その場から走って逃げようかと思いましたもん」コーチンが、わざとらしく頭を掻く仕草をする。

みな美先生が肩をすくめて挑発した。「今夜は四人で集まって仲良くミーティングでもしてたの？」

「そうや。俺らは、もう口止め料を払わへん。一円たりともな」火石が、落ち着きを取り戻して言った。

「私は口止め料なんて貰《もら》ってないわ。『生活が苦しいから助けて欲しい』ってお願いしただけじゃない」

「同じことやろが。こんな贅沢な暮らしして、何を言うとんねん。しかも、ようやく最近、マンションの前まで送らせてくれるようになったたっていうのに、いつもそこで追い返しやがって。ここにいる四人全員が、この部屋に入るのが初めてなんはどう考えてもおかしいやろ。誰の金やと思っとんねん」

「ラブホテルでエッチできてるんだからいいじゃない。プライベートスペースには他人を入れたくないの」

部屋に入れてもらえた僕は、特別ってこと？　こんなピンチだけれど、嬉しくなって思わず、クローゼットの中で一人ニヤけてしまう。

「なんぼや？　この部屋の家賃はなんぼや？」

「四十万円よ」みな美先生がしれっとした顔で答える。

四人の男たちが、同時にため息をついた。自分たちの金の使われ方に、やり切れなさを感じたのだろう。

こいつら、ダサいよ。僕は、憐《あわ》れむ目で四人の男たちを見た。

そんなに金が惜しいのなら、最初から禁断の果実に手を出さなければいいのに。教師という安定した仕事を選んでおいて、不倫なんてとんでもないリスクを背負うほうが馬鹿だと思う。

結局は、誘惑に負ける自分が悪い。

僕だって、他の生徒たちみたいに青春を謳歌したかった。海やお祭りにも行きたかったし、可愛い女の子とデートをしたかった。でも、我慢した。来る日も来る日も、走り込み、投げ込んだ。練習は地獄のように苦しかったけれど、歯を食いしばって打ち込んだ。

それもこれも、将来、大金持ちになりたいからだ。せっかく、神様から野球の才能を貰ったのだから、活かさなきゃ罰が当たる。

*

高校一年生のとき、五十歳までの予定表を作った。

十八歳のとき甲子園で活躍し、球団からドラフト一位で指名される。十九歳で十勝以上をマークし、新人賞を獲る。二十歳でオールスターに選ばれて、MVPを獲る。二十一歳で二十勝をマークし、沢村賞を獲る。二十三歳までに日本シリーズで優勝し、最高殊勲選手賞に選ばれる。数々の女性タレント（モデルやグラビアアイドルや女優）と浮名を流し、二十五歳で、英語が堪能な女子アナと結婚する。二十八歳でメジャーリーグに挑戦する。三十歳でワールドシリーズに出場する。コンスタントに活躍を続け、三十八歳で引退する。メジャーリーグは、十年続けると年金が貰えるからだ。もちろん、日米通算二百勝をして、名球会入りすることも忘れない。四十歳まで、南の島の別荘でリフレッシュする。四十一歳かち四十五歳まで、プロ野球の解説者をやり、知識と理論を世間にアピールする。四十五歳から監督に就任し、五十歳までに日本シリーズで優勝する。そこから先は、貯まったお金を使うために、ゴルフ三昧か、世界を何周か旅行してもいい。

これが、僕の人生だ。まちがっても、生物の武田先生みたいに、五十歳になってまで生徒たちから「変態」と馬鹿にされる悲惨な人生は送りたくない。武田先生を見る度にモチベーションが上がる。あの変態は、ある意味、最高の反面教師だ。

＊

「で、私にどうして欲しいわけ？」

みな美先生が言った。ベッドに座り、投げやりな態度で脚を組んだ。四人の男たちは、血走った目でみな美先生を睨んでいる。

こんな汚い大人たちの争いに巻き込まれて、将来を棒に振ることだけは絶対に避けなくちゃ。みな美先生を警察に突き出すなりして、早く帰ってくれよ。

今、クローゼットの中に隠れているのを見つかってしまえば、言い訳はできない。何せ、僕はトランクス一枚しか身につけていないのだ。退学なんて、まっぴらごめんだ。週刊誌に嗅《か》ぎつけられて『キラキラ王子、美人女教師との甘い一夜』なんて記事が出たら、イメージダウンどころの話じゃない。

誘惑に負けたら、こんな目に遭ってしまうのか。とても人生勉強になった。今回のことを戒めにして、明日から野球一筋に打ち込もう。

稲次郎が、一歩前に出た。「まだ話し合いの途中だったが、一応の結論は出ている。我々は、これ以上、君にビタ一文払わない」

「あっ。そう」みな美先生が、体を伸ばしてサイドテーブルに置いていた自分のスマートフォンを取った。

「おい、何をする気やねん。ちょっと待て」火石が顔色を変える。

「こういうこともあるかと思って、先生方の自宅の電話番号を登録してあるの」みな美先生が、ウインクをした。

四人の男たちの体が、同時にビクリと震えた。

「お、おい、やめろや。まさか、こんな時間にかけるわけちゃうやろな」

サイドテーブルにあるデジタル時計は、午後十一時を指している。

「やめて欲しいのなら、今までどおり私を助けてくれる？」みな美先生が、猫なで声を出す。

これは見ものだ。人数は男たちが勝っていても、立場的にはみな美先生が圧倒的に有利に立っている。ノーアウト満塁のピンチを迎えても、一向に動じないエースみたいだ。

僕にそっくりだな。つい、笑いそうになってしまう。自分の才能を最大限に活かして人生を勝ち抜くために、羊の皮を被《かぶ》り狼の素顔を隠している。

そう、騙される奴らが悪いのだ。頑張れ！　みな美先生。さっきまで、ムカついていたけれど、急に親近感が湧いてきた。ぜひとも、情けない男たちをギャフンと言わせて欲しい。そして、四人が帰ったあと、「虎之助君。よく狭いところで頑張ったわね」と言って童貞を奪って欲しい。みな美先生の正体がわかったところで、僕としては目的が達成できればノープロブレムだ。

「我々は、君の脅しには屈しない」稲次郎が、太鼓腹を揺らしてさらに一歩踏み出し、宣言した。

「いいんですか。山下先生は嫁入り前の娘さんが二人いるじゃないですか。しかも、上の娘さんは来年の春に結婚するんでしょ？　父親が不倫してるなんて話が広まったら婚約破棄になっちゃうかもしれませんね」

「この卑怯者め……」稲次郎が時代劇の俳優のような顔になり、歯ぎしりをした。

「家族を人質に取ってるつもりなんですか。誘拐犯と一緒だな」コーチンが、精一杯の嫌味を言った。

「風見先生は新婚ホヤホヤだから、さらにヤバいよね。しかもお嫁さんが学園長の娘だもん。せっかく逆玉に乗れたのに、離婚されて教師もクビになっちゃう。ああ、怖い」

みな美先生の攻撃が立て続けに決まった。さすがのコーチンも顔を引きつらせて、もはやヘラヘラと笑うことすらできない。

続いて、みな美先生は杉林を見た。「杉林先生、いつまでクールに気取ってるの。電柱みたいに突っ立ってさ。先生は奥さんと別居中で裁判も始まるんでしょ？　不倫がバレたら五歳の息子さんの親権は、間違いなく奥さんに取られちゃいますね。ちなみに、奥さんの携帯番号もここに入っていますので」

杉林はそれでも無表情だが、拳《こぶし》はギュッと握りしめている。

なるほど、みな美先生は、妻子持ちをターゲットに選んでいたのか。どうりで、稲次郎みたいなデブとも不倫していたわけだ。

みな美先生は、黙っている四人の男たちを見回して言った。

「とりあえず、全員で土下座してちょうだい。許すかどうかはそれから決めるから」

ゾクゾクしてきた。みな美先生の圧勝だ。

しかし、四人の男たちは動かない。土下座をしてしまえば、これからも金を払い続けなければいけないからだ。

「電話をかけてもいいんですね」みな美先生がひとさし指を立てた。「さて、四人のうち、誰の奥さんにかかるでしょう」

「や、やめろや！」火石が怒鳴る。

「じゃあ、さっさと土下座しなさいよ！」みな美先生も負けじと怒鳴り返す。

それでも、四人の男たちは、膝をつこうとしなかった。

「ゲームオーバーね」

みな美先生がひとさし指で、スマートフォンの画面をタッチした。

「取り上げろ！」火石が叫んだ。

四人の男たちが、同時に飛び掛かる。逃げようとするみな美先生をベッドに押しつけた。

「奥さん！　助けて！　旦那さんに襲われてます！」みな美先生が、スマートフォンを口に当てて絶叫した。

コーチンが枕を取り、みな美先生の顔に乗せた。火石がコーチンと一緒に枕にのしかかる。

杉林がみな美先生の胸と腕を押さえ、稲次郎がスマートフォンを奪い取った。

スマートフォンの画面を見て、稲次郎が舌打ちをする。

「ハッタリだ。どこにもかけてないぞ」

残りの男たちは、ホッとした様子を浮かべたが、すぐに怒りの表情を浮かべた。

火石が、みな美先生の顔を覆っていた枕を放り投げる。「ふざけんのもいい加減にしろや!」

「ひゃ」コーチンが、横たわるみな美先生を見て短い悲鳴を上げた。「首が変な方向に曲がってますよ」

4

えっ? どうなったの?

男たちが邪魔で、みな美先生の顔が見えない。クローゼットの扉の隙間も狭くて角度が限定される。見えるのはダラリと動かなくなった腕と脚だけだ。バスローブがはだけ、黒い下着と白い肌も見えていた。

四人の男たちは、肩で息をしながらみな美先生を見ている。全員が、顔面蒼白だ。

火石が、恐る恐るみな美先生の首に顔を近づけた。

「アカン……ほんまに折れとる」

稲次郎が頭を抱え、凄い速さで舌打ちをはじめた。コーチンはパニックになって鶏のように部屋を歩きだす。杉林は電柱のように突っ立ったままだ。

「どうしよう、どうしよう。マジ、ヤバい。どうしよう」コーチンがメガネを外し、歩きながらTシャツの裾で拭きだした。テンパったときの癖だ。授業で居眠りしている不良生徒に注意するときも、必ずメガネを拭く。

火石の呼吸が浅く荒くなってきた。顔全体の筋肉をひくつかせ、必死で自分を抑えようとしているのがわかる。こんな監督を見るのは初めてだ。

おい、何やってんだよ！　早く救急車を呼べよ！

稲次郎がフラフラと寝室のドアへと歩きだした。「私は帰る……」

「アカン、アカン！　待ってくださいよ。山下先生、どこに行きはるんですか」火石が追いかけ、稲次郎のポロシャツの襟を摑んだ。腕の筋肉が盛り上がる。

「頼む。帰らせてくれ。気分が悪くなってきた」

稲次郎が、それでも帰ろうとするのでポロシャツが伸びる。毛むくじゃらの腹の肉が剝《む》き出しになった。

「そんな勝手が許されるわけないでしょうが」

「勝手なのは火石先生だろう。君が暴走して、この部屋に乗り込んだのが元凶だ」稲次郎が、寝室のドアノブを摑む。

「今夜中に決着をつけるって話し合ったやないですか」

「話し合いはまだ途中だったろ。頼む。帰らせてくれ。私には、年頃の娘が二人もいるのだ」

「俺にも育ち盛りの息子が三人いるんですよ」

火石がさらにポロシャツを引っ張るので、もうほとんど脱げそうな状態で稲次郎の首に引っ掛かり、どんどん絞まっていく。

「は、放せ……苦しい……」

「山下先生がドアノブを離せば放します」

「嫌だ……離すものか」

だから救急車を呼べってば！

僕は、思わずクローゼットの扉に手をかけた。今なら、みな美先生を助けられるかもしれない。だが、ここで出ていったら、退学は決定だ。プロ野球の道も途絶えてしまう。

胴上げされている自分が脳裏に浮かぶ。監督として日本シリーズで優勝した五十歳の僕だ。その次に浮かんだのが、鼻の穴に割り箸を突っ込まれた武田の顔だ。

……あんな五十歳にはなりたくねえ。

小学生のときから勉強そっちのけで野球に打ち込んできた僕は、プロ野球選手になるしかないんだ。他に何ができる？　高校中退なんてしてしまえば、最悪の事態になる。もちろん、野球推薦がなければ大学にも入れない。

今から勉強したところで、大学に入れるとは思えない。アメリカの首都が最近までニューヨークだと思い込んでいた僕だ。

ダメだ。神様に与えられたチャンスをこんなことで逃したくない。

僕はクローゼットの扉から手を離した。

寝室では、まだポロシャツの引っ張りあいをしている。

「山下先生、卑怯ですよ。一番年上なんだから、もっと堂々としてください」

「この際年齢は関係ないだろう。娘たちのためなら、喜んで卑怯者になってやる」

杉林がツカツカと二人に近づき、右手を振り上げた。バレーボールのスパイクの要領で、稲次郎の手を叩く。

「痛い」稲次郎がドアノブから手を離し、杉林を見た。「な、何をするんだ」

「揉めている場合やないでしょ」低くドスの利いた声だ。

結構、迫力がある。学校では女子生徒から「電柱」と馬鹿にされているが、さっきから一番落ち着いている。

「……すまない」稲次郎が、すごすごと寝室のドアから離れながら舌打ちをした。

それを見たコーチンも、慌ててベッドの横まで戻った。

四人の男たちがベッドを囲み、みな美先生を見つめる。まるで、『眠れる森の美女』のワンシーンみたいだ。

「人工呼吸とかしたほうがいいんじゃないですか」

長い沈黙のあと、コーチンが言った。

「もうアカンやろ。手遅れや」火石が擦《かす》れた声で呟く。

杉林が、みな美先生の手首を持って脈を測り、静かに首を振った。薄いグレーのベッドシーツをみな美先生の全身にかけて見えなくする。

……みな美先生が死んだ？

目眩《めまい》がして倒れそうになった。こめかみがドクドクと激しく脈打つ。クローゼットの壁がグニャリと曲がり、こっちに向けて倒れてきそうだ。

みな美先生が殺された。早く、警察に電話しなきゃ。

我に返って、自分の姿がトランクス一枚だと気づく。

しまった。電話ができない。僕のスマートフォンは、ベッドの下に突っ込まれたジーンズのポケットの中にある。

「火石先生、いくらなんでも殺しちゃダメだろ……」稲次郎が声を震わせた。「たしかに、懲らしめてやろうって話し合ったけど、やりすぎだよ」

「お、俺は殺してませんよ」火石が、慌てて言い返す。

「実際、彼女は死んでしまったではないか。彼女に覆い被さって、首の骨を折ったのだからな。れっきとした殺人だよ」

「今のはどう考えても事故やないですか。それに、枕で押さえつけたのは俺だけやない。こいつも一緒に押しましたよ」火石が、コーチンを指す。

「ぼ、僕はそんなに力を入れてないですよ。四割ぐらいでした。それぐらいの力加減です。イメージで言えばふんわりです」

「嘘つけや。お前も必死で押しとったやろが！　なんやねん、四割とかふんわりとか。意味わからんこと言うなや」

「そっと手を添えてただけですってば！」

「誤魔化すな。枕をみな美の顔に乗せたのはお前や。確信犯や。どっちかと言うとお前が主犯や」

「そうでしたっけ？　全然、覚えてないです。残念ながら無意識でしたね」

火石が太い腕を伸ばし、コーチンの胸ぐらを摑んだ。「何をとぼけとんじゃ、こらっ。メガネかち割るぞ」

実際、野球部の練習中に生徒のメガネを割りまくっている。ミスをすると、容赦なくビンタしてくるからだ。おかげで、全員がコンタクトレンズになった。

「火石先生。どうか、冷静になってください」杉林が二人の間に割って入り、火石の手を引き離す。

「なれるわけないやろ。人が死んでんねんぞ」

稲次郎が、ベッドの横にヘナヘナと座り込み、嗚咽《おえつ》を洩《も》らし始めた。「終わりだ……もう、終わりだよ。人生ここまで来て、この仕打ちなのか」

他の三人も途方に暮れた顔で呆然《ぼうぜん》としている。

やっと、みな美先生の顔が確認できた。たしかに、首がグニャリと曲がっているように見える。

みな美先生が、本当に死んじゃった。

実感がまったく湧いてこない。さっきまで、キスをしていた人間が、もうこの世にいないなんて。

これは、夢？　夢だったら、とんでもない悪夢だ。

野球の格言で、「ピンチのあとにチャンスあり」という言葉がある。その逆で、チャンスのあとにも必ずピンチがやってくる。甲子園の決勝のマウンドで悲劇のヒーローになれたのは、紛れもないチャンスだった。その一カ月後にこんなピンチが訪れるなんて思ってもみなかった。

「とりあえず、どうしましょう」俯《うつむ》いていたコーチンが顔を上げた。「警察を呼んだほうがいいですよね」

誰も答えないので、コーチンが自分の携帯電話を、ピチピチのスリムジーンズのうしろポケットから出した。

「待てや」火石が止めた。「ええんか。全員、捕まるぞ」

「でも、呼ばないとマズくないですか……」

火石が苛《いら》つきを隠さず声を荒らげる。「だから、ここにいる全員が捕まるぞって言ってるやろ」

「わ、私は捕まらないだろう」稲次郎が立ち上がり、反論した。

「何を寝ぼけたこと言ってるんですか。捕まるに決まってるでしょうが。山下先生もこの女を押さえ込んだんですよ。誰がどう見ても立派な共犯ですよ」

「私は、彼女の電話を奪おうとしただけだ」稲次郎が、無意識にウェットティッシュを出し、手を拭き始める。涙と鼻水でグチャグチャになっている顔を拭けばいいのに、顔のことなど気づいていない。

「じゃあ、それをご自分で警察に説明してくださいね。間違いなく手錠をかけられると思いますけど」火石が目を剝いて言った。

「とりあえず、警察呼びますね」コーチンが電話をかけようとした。

「このアホ！」火石が、コーチンの携帯電話を奪い取る。「すべてを失ってもええんか、お前は！」

「私は嫌だ。こんなことで人生を終わりにしたくない」稲次郎が、また座り込んだ。いじけた子供みたいに膝を抱えて泣きだす。

それは、こっちの台詞だ。僕は、お前らと違って、将来のある身なんだよ。僕は奥歯を強く嚙み、拳を強く握りしめた。

くそっ。今すぐクローゼットから飛び出して、全員を殴り倒したい。

落ち着け。鼻から二回短く息を吸って、口から二回息を吐き出す呼吸法を三セット繰り返した。マウンドでピンチに追い込まれたときの儀式だ。ピッチャーにとって一番必要なもの。それは、ボールのスピードでもキレでもコントロールでも体力でもない。自制心なんだ。

よしっ。心拍数が下がってきた。クローゼットの壁も真っ直ぐに見える。

「五分だけ、話し合いましょうや」杉林が低い声で言った。

「今さら何を話し合うねん」火石が、眉をひそめる。

「警察を呼ぶか呼ばないかです。呼ばないのであれば、色々とやることがあるでしょうし」

火石とコーチンが顔を見合わせた。稲次郎も泣き止《や》み、杉林を見上げる。

「どういう意味じゃ」火石が杉林に詰め寄る。火石も身長は低いほうじゃないけど、杉林はさらに頭ひとつデカい。

「自首するのか、逃げきるのか」杉林が、ゆっくりと三人の顔を見た。「どっちを選びますか？」

「おいおい、杉林よ」火石が、あからさまに小馬鹿にした顔をする。「一体、どこに逃げるねん。俺らはお前と違って家庭があるんじゃ」

杉林は動じず、ピクリとも表情を変えない。「逃げるといったって、場所のことを言っているわけじゃないですよ。どうにかして、自分たちが捕まらない方法を考えるんです」

「はあ？　お前、正気か？」火石が、指で自分の頭を突《つつ》いた。

「火石先生も、今さっき風見君が警察を呼ぼうとしたら止めたじゃないですか。『すべてを失ってもええんか』って言いましたよね」

「それは……咄嗟に出た言葉や」火石が口ごもる。

頼むから、警察は呼ぶなよ。僕は、クローゼットの中で手を合わせて祈った。

僕が絡んでいることで、大事件として報道されてしまうじゃないか。『キラキラ王子、美人女教師の殺人に関与か』とか『美人女教師を見殺しにしたキラキラ王子の暴かれた残虐性』みたいなテロップが連日ワイドショーを賑わすことになるだろう。プロ野球選手になれないどころか、一生街を歩けなくなる。つい、一ヵ月前に『トラちゃんフィーバー』を巻き起こした張本人が、このタイミングで場外ホームラン級のスキャンダルを起こせば、人々の記憶にガッツリと刻みこまれる。孫にしたい有名人一位だけに、お茶の間に与える衝撃度は計り知れないはずだ。十年……いや、二十年先も語られる事件に発展しちゃうじゃねえか。

　ヤバい、ヤバい、ヤバい。足元に突然穴があいたような錯覚がした。ジェットコースターが急降下するときの感覚にそっくりだ。

　お願いだから、警察はやめてくれ。みな美先生が死んだのはとても悲しいけれど、大切なのは僕の人生だ。

「時間がありません。多数決を取ります」杉林が力強く言った。

「おい、勝手に仕切んなや」

「では、火石先生が仕切ってもらえますか」

　火石が、肩の筋肉を震わせながら黙りこんだ。

　杉林が静かに息を吐く。「オレは、正直に言えば教師の仕事はどうなってもいいんです。あんな学校に何の興味もない。ただ、息子を妻に取られるのだけは阻止しなくちゃいけないんです。妻と別居した理由を教えましょうか」

今度は、杉林が、逆に火石に詰め寄った。

「お、おう。なんやねん」火石が、思わず後退《あとじさ》りをした。

「妻が浮気をしていたからです。しかも、息子を虐待していた。だから、逮捕されるわけにはいかんのです。この世で息子を守れるのは、オレ一人だけですから」

杉林の告白に、さすがの火石も黙り込んだ。

何を勝手なことを言ってるんだよ。そんなに息子が大切なら、裁判が終わるまでみな美先生と不倫しなきゃ良かっただろうが。ストレスが溜まっていたのなら、筋トレでもやって発散すればいいのに。凡人は、これだから困る。

いや、待て。みな美先生の魅力に溺《おぼ》れたのは、僕も一緒じゃないか。セックスは未遂だし、殺人もしてないけど、こいつらより人生のピンチだ。

くそっ。アバズレ教師め。ぶつけようのない怒りを、とりあえずみな美先生に投げつける。

何人の男の人生を狂わせるつもりだよ。

杉林が言った。「警察を呼んで自首したい方は挙手してください」

誰も手を挙げなかった。

五秒ほど待ち、杉林が続ける。「逃げきる方法を見つけたい方は挙手してください」

短い沈黙のあと、四人全員が手を挙げた。

5

とりあえずは、警察を呼ばれなくて助かった。でも、絶体絶命のピンチはまだ続いている。目の前の寝室には、殺人を犯した男たちがいるのだ。

杉林の案によって、四人は「逃げきる方法」を考えることになった。

ただ、十八歳の僕が言うのも何だけれども、人生はそんなに甘くない。全員が深く考え込んだまま、十分近くが経《た》とうとしていた。

檻《おり》の中のゴリラみたいにウロウロと落ち着かなかった火石が、アインシュタインの写真を見て足を止めた。

「なんやねん、このおっさん。偉そうに舌出しやがって。しばいたろか」

写真をしばくなんて、実に火石らしい発言だ。

「火石先生、もしかして、アインシュタインを知らないんですか」コーチンが、おずおずと訊《き》いた。

「知っとるに決まってるやろ」

怪しい。火石先生の口から出てくる外国人の名前は、メジャーリーガー以外に聞いたことがない。

「結局、相対性理論って何なの？」すっかり泣き止んで、落ち着きを取り戻した稲次郎が、コーチンに訊いた。

「熱いストーブの上に一分間手を乗せると一時間ぐらいに感じるでしょう。ところが可愛い女の子と一時間一緒に過ごしたら一分間ぐらいに感じませんか？」

「まあな。そういうことはよくあるな」火石が、ベッドのみな美先生の死体を横目で見た。

「それが相対性です。あっ、これ、まんまアインシュタインの格言のパクリなんですけどね」コーチンが、またわざとらしく頭を掻いた。

たしかに、不思議だ。野球の練習の一時間は永遠に続く感じがするのに、みな美先生の英語の授業は、あっという間に終わってしまう。おかげで何を教えてもらっていたのか、まったく頭に入ってなかった。みな美先生が「リピート、アフター、ミー」と発音練習しているときは艶《なまめ》かしい唇に釘付けだし、黒板に英単語を書いているときは引き締まった脚とツンと上を向いたヒップに夢中だし、落ちたプリント用紙をみな美先生が拾うときはブラウスの隙間から見える胸の谷間で頭が真っ白になってしまう。

美女が時空をも歪ませることにアインシュタインは気づき、相対性理論の研究を始めたのかもしれない。

「アインシュタインなんかどうでもええんじゃ」火石が吐き捨てるように言った。「今は、俺らがどうやって逃げきるかのほうが重要ちゃうんけ」

あんたが、アインシュタインをしばくと言い出したんだろ。

火石はいつもこうだ。自分の発言を忘れ、すぐに機嫌を損ねる。甲子園でも、「失敗は恐れずに、どんどん振っていけ」と言ったのに、打者が三振したら「大振りするな、ボケが」とキレていた。

ずっと腕を組みながら考えていた杉林が、意見を出す。「まずは、アリバイを作ることでしょ。残念ながら、オレたちがこの部屋に来たのは防犯カメラにバッチリと写ってるでしょうしね」

それは、ヤバいって。じゃあ、僕の姿も写ってるってことだよな。一応、帽子とマスクとサングラスをかけていたけれど……。

もし、四人の男たちのアリバイ作りがうまくいったら、みな美先生を殺したのは、「変装していた怪しい男」になってしまう。指名手配とかされるのか。防犯カメラの映像を公開されたら、僕の熱狂的なファンが気づく恐れもある。

また、目眩がしてきた。いっそのこと、クローゼットから飛び出して、先に帰りたい。この中にあるもので、変装に使えるものはないだろうか。

振り返り、クローゼットを確認した。

タオルをミイラ男みたいに巻き付けるのはありかも。

僕は、細心の注意を払って、音が出ないように衣装ケースの引き出しをゆっくりと開けはじめた。

焦るな。開けるのは一ミリずつでいいから、絶対に音を出すなよ。

僕は殺人の目撃者だ。見つかったら何をされるかわからない。

「ほんじゃあ、どうやっても俺らが犯人になってしまうやんけ」火石の、シャリシャリとスポーツ刈りの髪を掻きむしる音が聞こえる。

今は、衣装ケースを開けるのに集中しているから、寝室を覗くことができない。

「何とかして、防犯カメラの映像を盗み出すことはできませんかね」コーチンの声だ。

「ムチャ言うなよ、風見君。何のための防犯カメラだよ。警備会社相手に我々素人が通用するわけがないだろ」舌打ちをしながら稲次郎が反論した。声が、かなり苛ついている。

「でも、防犯カメラの映像を何とかしない限り、道は開けないですよ」コーチンが言い返した。

「話にならないよ。君は数学の教師なんだから、もっと合理的な方法を考えたまえ」

「今、この状況で数学は応用できないですよ」

「何だ、いつも『この世のすべてのものは数学で説明できます』と豪語してたのは、ありゃ、嘘か」

たぶん、稲次郎は前からコーチンを嫌っている。学校での態度でわかる。理由は、コーチンが演劇部の活動を手伝っているからだと思う。

コーチンは映画研究部の顧問だが、演劇部の生徒たちと仲がいい。映画研究部が自主制作で撮っている映画に、演劇部の生徒がキャスティングされるので、自然と二つのクラブの交流が深まるのだ。一方、稲次郎は部活には滅多に顔を出さないし、演劇部の生徒たちから露骨に毛嫌いされていた。「稲次郎のワキ汗なんとかして欲しいわ」と、体育館から出てくる演劇部のボヤキを聞いたのは、一度や二度じゃない。

なので、必然的に演劇部の生徒たちはコーチンを頼るようになる。空回りキャラでウザい面もあるが、よく見れば美形だしノリが若いので、生徒たちも気楽に接することができるのだろう。実際、去年の文化祭の演劇作品は、コーチンの名前が演出補佐にあった。演出は稲次郎になっていたが、その作品が金賞を獲ったとき、生徒たちと抱き合っていたのはコーチンだった。生徒たちがコーチンを囲む輪を、稲次郎が恨めしそうに見ていたのを覚えている。

——二人の関係なんて、どうでもいいだろ。今はタオルを取り出すのに集中しろって。

一度大きく深呼吸し、再び引き出しを一ミリずつ開けだす。

寝室では、まだ稲次郎とコーチンの言い争いが続いていた。

「そこまで言うなら、山下先生も国語で応用してくださいよ」

「国語なんぞ、社会に出れば一番役に立たない教科だ。小学生までの勉強で充分なのだよ」

「それが教育者としての言葉ですか」

「風見君。太宰治も言っているだろ。学問とは虚栄の別名だ。人間が人間でなくなろうとする努力だってね」

「生徒たちが可哀相です」

「いい子ぶるのはやめろ。生徒に媚びを売るヘラヘラした君の態度に、周りの先生方がうんざりしているのがわからないのか」稲次郎の舌打ちマシンガンがまた始まった。

うるせえ。静かにしろ。学校で教えてくれることが将来何の役にも立たないことくらい、全校生徒が知ってるよ。

どうせなら、「巧妙な嘘の見破りかた」や「危機から身を隠す方法」や「誤って人を殺したときの心構え」を教えてくれよ。あと、「音を立てずにタオルを取り出す技術」もな。

やっと、衣装ケースの引き出しが三分の一ほど開いた。これで、何とかタオルが取り出せる。

「そろそろ、終わりにしましょうや」火石が、国語と数学の争いを止めた。「みな美先生の死体が腐ってまうがな」

デリカシーの欠片《かけら》もない言葉だ。脳味噌まで筋肉でできているとしか思えない。

「杉林先生、何かいいアイデアはないかね。どうすれば、私たちは難を逃れられる?」稲次郎が、早くも疲れ切った声で言った。

反応なし。杉林は無表情で考え込んでいるのだろう。

よしっ。タオルが取り出せた。ためしに、顔の下半分にマスクのように巻いてみる。どうなっているか鏡で見てみたい。クローゼットなんだから、姿見ぐらい置いといてくれよ。みな美先生は、もう二部屋あるうちのひとつを衣装部屋に使っていると言っていた。姿身はそっちにあるのか。

外国のギャングみたいにタオルで顔の半分を隠したけれど、まだまだ不安だ。あれだけテレビでアップにされた顔だから、教師たちは僕だと気づくはずだ。とくに、火石とは毎日顔をあわせていたから必ずバレる。

上半分もタオルで巻いてみた。バンダナの要領だ。

少し息苦しいが、何とか目以外は顔を隠すことができた。クローゼットの扉の隙間から寝室を覗いてみる。

ちょうど、杉林が話しはじめたところだった。

「オレたちがこの部屋に来た事実は変えられんのです。一番いい方法は、みな美先生の死体をどこか余所《よそ》に運ぶことでしょうけど、それも防犯カメラがネックになる」

火石が横から口を挟んだ。「スーツケースか何かに入れて運び出すのはどうやろか。みな美先生を失踪扱いにしてしまうねん」

「不自然でしょ。学校ではあんなに明るくて元気な人気者のみな美先生が急にいなくなったら、誰もが怪しみますよ」

「それもそうやな」火石が、悔しそうに拳で手の平を打つ。「武田のオッサンやったら、消えても皆が喜ぶのに」

＊

火石の武田イジメは見ていられないほど酷い。生徒たちの前で、武田の尻を蹴り上げたりしていた。

「武田先生、ちゃんと風呂に入ってますか？　ここはおたくの家と違いまっせ。神聖な学舎ですよ。ほらっ、廊下中にフケが落ちてるやないですか。いっそのことスキンヘッドにしたらええやないですか。落ち武者みたいな頭してからに。むさ苦しくて、生徒たちの成績に響きますよ」

火石の口調が漫才師みたいで、周りの生徒たちは爆笑している。武田もやられるがままエヘラエヘラと笑っていた。火石の言っていることはもっともだし、周りにもウケているから今のところ問題にはなっていない。そのうち、武田は火石に絡まれるのを恐れてか、休み時間に姿を消すようになってしまった。火石はそれでも、「武田先生、またゴキブリみたいに隠れてるんですか？　誰か《ゴキジェット》持ってこんかい」と廊下で叫んでは、生徒たちから笑いを取っていた。

ただ、僕は笑えなかった。生まれたときから吉本新喜劇で洗脳されている大阪生まれの生徒たちとは笑いのセンスが違うということもあるのかもしれないけれど、二人の教師の、子供じみたやり取りに吐き気がしていた。見て見ぬふりをしている他の教師にもだ。

どいつもこいつも小市民だ。早くこんな低レベルな世界から脱出したい。

僕も火石を止めなかったけれど、見て見ぬふりじゃない。無駄な時間と労力を費やしたくないだけだ。火石と武田に関わるぐらいなら、利き腕じゃない左手でキャッチボールをしてやる。

でも、みな美先生だけは違った。武田を苛《いじ》める火石に猛然と立ち向かっていった。

ある日、火石が武田に無理やりヨガをやらせたことがあった。武田は、なぜか異様に体が柔らかく、体育祭の準備運動のときにタコみたいな柔軟をやって、女子に気持ち悪がられていたぐらいだ。火石は休み時間に、校庭の芝生にいた武田を捕まえ、「首に足をかけてくださいよ」と無理難題を吹っ掛けた。

なんと、武田はシルク・ドゥ・ソレイユの軟体人間みたいに両足を首に引っかけることができた。ヤジ馬から歓声が上がったのが、火石は面白くなかったらしく、「じゃあ、俺は室伏の真似をやりますね」と言って、足を首にかけたままの武田をハンマー投げの要領で投げ飛ばしてしまった。

そこへみな美先生が駆けつけ、「みっともない真似はやめてください。ストレスが溜まっているのなら私が相手になります」と、啖呵《たんか》を切って火石を突き飛ばしたのだ。

あの清廉潔白な女教師と、四人の男をたぶらかす悪女が、同一人物とはとても思えない。

一度、みな美先生に、「どうして武田に優しくするの？　勘違いしちゃうに決まってるじゃん」と訊いたことがある。

みな美先生は、いつもの笑顔でなく、真剣な目で僕を見て言った。

「理由なんてないわ」

＊

寝室では四人の男たちが腕を組み、自分たちが逃げきれる方法を捻《ひね》り出そうとしていた。

「みな美先生の死体は動かされへん。俺らがこの部屋に入ったのは防犯カメラで録《と》られてる。

完全にお手上げやんけ」火石が腕をほどき、両手を上げた。「何で善良な市民の俺らがこんな目に遭わなあかんねん」

善良な市民なら不倫はしないだろうが。みな美先生を殺しておいて、早くも被害者面か。

「こういうときは、自分たちよりさらに不幸な目に遭遇した人たちのことを考えよう。数年前、天保山の観覧車で爆弾魔の立て籠《こ》もり事件があったろ。あのとき人質になってしまった人たちよりはマシだと思わないか」稲次郎がピントのずれた励ましをする。

「いつの話をしとるんですか。観覧車は関係ないやないですか」火石が呆れた顔で言った。

「やっぱり、自首したほうがいいんじゃないですか。僕たちが逃げきれる確率はゼロに近いですよ」コーチンが泣きそうになる。

「諦めるな。太宰治も言ってるだろう」稲次郎が弱気になった二人を鼓舞した。「人間は不幸のどん底に突き落とされ、ころげ廻りながらも、いつかしら一縷《いちる》の希望の糸を手さぐりで探し当てているものだってね」

「でも、太宰治は自殺しましたよ」コーチンが反論する。

「屁理屈を捏《こ》ねるな。あれは愛人との無理心中という説もある」

今なら、隙をついて突破できそうだ。寝室のドアの前には誰もいない。クローゼットから、顔をタオルで覆ったトランクス一枚の男が飛び出してきたら、腰を抜かすだろう。それに、足の速さなら、四人には絶対に負けない。こっちは五十メートルを六・五秒で走れる。走り込みのおかげで、長い距離も自信がある。

問題は、マンションを出てからだ。いくら深夜とはいえ、難波の駅前をこの恰好で走り抜けるのは自殺行為だろう。『キラキラ王子、深夜全裸でダッシュ』の記事が《ヤフー！ニュース》のトップに躍り出たら何の意味もない。トランクスを穿いていても、ユーザーを煽るために全裸と表記されるのは目に見えている。

しかも、裸足だよ。ガラスでも踏んで、足の腱を切れば投手生命を断たれかねない。

待てよ、僕の靴は？　玄関で脱いだ《ナイキ》のスニーカーの存在をすっかり忘れていた。

四人の男たちの態度から察するに、みな美先生が咄嗟に隠してくれたのだろう。

さらに、重大なことに気づいてしまった。いくら、クローゼットから飛び出して逃げきったところで、僕の服がベッドの下にあるじゃないか。ジーンズのポケットには、携帯電話と保険証の入った財布がある。部屋に駆けつけた警察はどう思うだろう。ベッドには美人女教師の死体。その下に、全国の野球少年の憧れ、長尾虎之助の保険証。

……僕が犯人にされるパターンもあるわけか。

僕は顔のタオルを取り、引き出しの衣装ケースの上に置いた。

危なかった。勢いに任せて突っ走っていたら、取り返しのつかないことになっていた。どうやら、僕が逃げきる方法は一つしかなさそうだ。四人の男たちが、このマンションから出て行ってくれるのを辛抱強く待ち続けるしかない。よほどの奇跡が起きない限り、他にここから脱出できるパターンは見つからないのだ。

もっと、しっかり考えろよ。先公ども。

僕は、ヤキモキしながら寝室を覗いた。

「もし自首するなら、早いほうがいいですよね」コーチンが、再び自分の携帯電話を出した。

火石も、今回ばかりは止めなかった。稲次郎は、舌打ちをしながらアライグマみたいにウエットティッシュで手を拭いている。

諦めるのが早いってば！ まだ、何も試してないだろう！

警察を呼ばれたら、僕の人生は破滅だ。コーチンの携帯電話を奪うしかない。僕は覚悟を決めて、クローゼットの扉を開けようとした。

「山下先生、ありがとうございます」

唐突に、杉林が稲次郎に握手を求めた。

「えっ、ど、どうしたのです？」稲次郎が、戸惑いながらも杉林の手を握った。

火石とコーチンもキョトンとした顔で二人の様子を眺めている。

「太宰治ですよ。おかげでいいアイデアが閃《ひらめ》きました」杉林が、細長い腕を大きく広げた。

「この寝室で無理心中をセッティングするんです」

三人が、口を半開きで顔を見合わせる。

杉林が珍しく笑顔を見せる。「オレたち以外の人間に犯人になってもらいましょ。お誂《あつら》え向きの人物が我が学園にはいるやないですか。塩沢先生を執拗《しつよう》にストーキングしていた男がね」

火石の顔に、パッと光が差し込んだ。

「武田のオッサンか」

6

武田とみな美先生が無理心中？

「つまり、武田先生を……」コーチンが言葉を詰まらせた。

「そう。死んでもらう」杉林が、あっさりと答える。

……杉林、それはヤバくないか。

僕は、クローゼットの中で啞然《あぜん》とした。こいつらは、自分たちが助かるために、もう一人の人間を殺そうとしている。

杉林の発言に、寝室が静まり返った。火石でさえ、何度も瞬《まばた》きをしてひどく動揺している。稲次郎はウェットティッシュを使いすぎて切らしてしまった。

「ここで、殺すんか」火石が独り言みたいに呟いた。

「それしか助かる方法はないと思います」杉林が断言した。「武田先生がみな美先生に惚れていて、しつこく付きまとっていたのは学園中の人間が証明してくれるやないですか。この部屋でみな美先生と武田先生の遺体が発見されれば、誰だって、『ああ、とうとうやってしまったか』と思ってくれますよ」

何だ、この男は。いくら愛する息子のためとはいえ、そんな悪魔的な発想がどこから出てくるんだよ。

稲次郎がゴクリと唾を飲み込んだ。「たしかに、片想いの果ての凶行、なんて事件が、最近、立て続けに起きているな。この前も元交際相手の男に、若い娘さんと母親が刺し殺されたしね」

「いやいやいやいや」コーチンが激しく両手を振った。「ありえないでしょ。今なら、まだみな美先生の事故死ということで自首できます。でも、武田先生の場合は、殺人になってしまうじゃないですか」

杉林が諭すように語り始める。「風見君。本当にみな美先生のこと、事故死で済むと思ってる？　警察がちょっと調べたら、オレら四人が不倫相手で、恐喝されてたのはすぐにバレるよ。動機がありすぎるだろ。しかも、このマンションに来る前、オレらはどこにいた？」

「心斎橋の……居酒屋です」コーチンがボソボソと答える。

「お客さんが満員だったよな。オレらは個室でヒソヒソ打ち合わせしていたけど、次第にお酒が入ってどうなった？」

「声が大きくなりました」

「そうだよな。火石先生なんか興奮して怒鳴り散らしてたよな。御会計してエレベーターに乗るとき、『あの女、ぶっ殺さな気が済まへんわ』って言ったよね。あれは、レジの店員さんに丸聞こえだったと思うよ」

「あくまでも言葉のあやややけどな」火石が、気まずそうに言った。

「警察は、それでも事故死と思ってくれるかな。『みな美先生に電話をさせないために、四人がかりで押さえつけたら、たまたま首の骨が折れてしまいました』で信用してもらえるかな。ね、どうかな、風見君」

稲次郎が、ハッとした顔になる。「だ、駄目だ。みな美先生は、どこにも電話をかけてないではないか」

「そうなんですよ」杉林が、サイドテーブルにあったみな美先生のスマートフォンを手に取る。「履歴が残っていない以上、オレらの証言は嘘になってしまいます。『みな美先生のハッタリでした』と言っても、他に目撃者がいないので信憑性《しんぴょうせい》が問われるんです」

目撃者なら、ここにいますけど。

思わず、クローゼットの中で右手を挙げそうになる。それにしても、杉林が、ここまで冷静沈着で頭のキレる男だとは知らなかった。世界史の授業は小テストばかりで、杉林はいつも教室の隅にボーッと立っているばかりだから、てっきり、何も考えていない面倒臭がり屋だと思っていた。顧問であるバレーボール部はかなり弱く、大抵、どの大会も一回戦で敗退しているし。

ここにも、自分の本性を隠していた奴がいたか。

今夜の杉林は、決して「電柱」ではない。人生最大のピンチに追い込まれて、本来の自分を出している。この四人の中に、杉林がいてくれて助かった。他の三人だけだったら、もっと、最悪な事態を招いていたはずだ。

人間には誰でも、表と裏がある。頻繁に裏の顔を覗かせる人もいれば、僕やみな美先生みたいに、完璧に作り上げてきたイメージの裏にひっそりと隠れている人もいる。誰にも見つからないように。息を潜めて。

また、舌を出しているアインシュタインと目が合った。彼のこの表情は、表か裏かどっちなのだろう。

「殺すつもりはなかったのに……僕たちは殺人犯になってしまうんですね」コーチンが観念したように言った。

「自業自得だな」稲次郎が諦め顔で笑った。「家族を裏切った罰だよ。やはり神様は見てらっしゃったのだ」

「関係ないですよ」杉林が、無表情で言った。「誰からも尊敬される善人が、突然、交通事故で死ぬときもあれば、とんでもない悪人がのうのうと生き延びて幸せに暮らしてもいる。人生って理不尽で不公平なものじゃないですかね」

火石が深く頷いた。「それもそうやな。うちの部の長尾虎之助を見てたら、ほんまにそう思うわ」

いきなり、僕の名前が出てきたのでドキッとした。

「彼の実力はプロとして通用するのかね」稲次郎が訊いた。

「それはあいつの努力しだいですけど、ドラフトで一位指名されるのは間違いないですね。十八歳のガキが一億円以上の契約金を貰うわけです。やってられませんわ」

杉林が、話をあわせる。「虎之助君は、そういう星の下に生まれたんですよ。そのチャンスを逃さず勝ち取った彼の勝利です」

わかってるじゃん、杉林。僕はお前らと違って選ばれた人間なんだよ。だから、トランクス一枚でクローゼットに隠れてる場合じゃないんだ。早く何とかしてくれよ。

「俺らもチャンスを勝ち取れってか？」火石がジロリと杉林を睨みつける。

「そのとおりです。たまたま、武田先生という人物が学園にいるのが私たちのチャンスでしょ」

沈黙が、寝室を包み込んだ。四人の男たちは、押し黙ったまま微動だにしない。

しばらくして、杉林が口を開いた。

「もう一度、多数決を取りましょ」

誰も反対はしなかった。

「殺人犯として逮捕されるのを覚悟で、警察に自首したい方」

コーチンの右手がピクリと動いたが、手は挙がらなかった。火石と稲次郎も顔は悩んでいるが手を挙げない。

「武田先生をここに呼びたい方」

呼んで、殺すだろ？　杉林の奴、巧みに誘導してやがる。

杉林が細長い手を挙げた。他の三人も迷いながらも手を挙げた。

「決まりましたね。最後までベストを尽くしましょ」

やめてくれよ。今からもう一人の殺人を目撃させられるのか。

胸の奥がざわつく。みな美先生のときは、止めようがなかった。僕も死ぬとは思わなかったし、あいつらにも殺意はなかった事故だ。だけど、武田は殺されるのがわかっている。今なら、僕が助けることもできる。クローゼットから飛び出し、交番に駆け込めば、武田は死ななくて済む。

だがそのためには、僕の将来を引き換えにしなくちゃいけない。契約金が一億円。メジャーリーグに行って、CMやスポンサーの契約が取れれば何十億円にもなる。果たして、武田の命にそれほど価値があるだろうか。四人の男たちが武田を殺し、うまく無理心中に見せかけてくれたら、僕の将来は守られる。僕自身が手を汚すわけじゃない。

悪魔に魂を売るのか、長尾虎之助。ふいに、武田に言われた言葉が頭を過《よぎ》る。

『虎之助君。成功した人間になろうとしちゃいけませんよ。価値のある人間になろうとしてください』

くそっ。価値のある人間ってどういう意味だよ。何十億円を稼ぎ、日本を代表するプレーヤーよりも価値のある人間なんているのか。

「ところで、どうやって、武田のオッサンをこのマンションまで連れてくるねん。今からあいつの家に押しかけて、拉致《らち》してくるわけにもいかんやろうし」火石が、杉林に訊いた。

「連れてくるわけではありません。武田先生自らやって来てもらいましょ」杉林が落ち着いた声で答えた。背が高くて全員を見下ろしているので、自信たっぷりに見える。

「今から武田先生と連絡を取るんですか」コーチンが不安げな顔で訊いた。「誰か武田先生の携帯の番号知ってます？」

稲次郎が自分のセカンドバッグから自分の携帯電話を取り出した。「緊急時のために清冠学園の教師の連絡先は登録してある」

「それじゃあ、武田先生を呼び出す理由を皆で考えましょ。怪しまれず、自然な形で、しかも、すぐに飛んで来てくれるような理由ですよ。それさえクリアできればこっちのもんです。頑張りましょ」杉林が、バレーボールの試合前に選手を励ますみたいに言った。

「かなり難しいな」火石が険しい顔になる。「まず、誰が電話するねん。電話したところで何て言うねん。こんな時間やぞ」

四人の男たちが顔を見合わせる。デジタル時計は、午前零時になろうとしていた。

コーチンが遠慮気味に口を開く。「ここは年の功ってことで、山下先生が適任だと思うんですけど」

「私が？　勘弁してくれ。荷が重すぎるよ」

「だって、僕たちは武田先生の電話番号を知らないんですよ。連絡を取る時点で不自然じゃないですか」

「私が電話しても不自然だろうが。ペラペラと嘘が出るほど私は器用な人間ではない」

「演劇部の顧問なんですから、それぐらいアドリブでやってくださいよ。即興劇だと思えばいいんです」

「じゃあ、風見君が電話すればいいだろう。実質、演劇部は君のものなんだからさ」

稲次郎は、ウェットティッシュが切れて手が拭けないのがよほど不快なのか、神経質に手の指を小刻みに動かし、リズミカルに舌打ちをしている。

また、醜い争いが始まったよ。僕は、音が出ないようにため息をついた。

「台詞は全員で考えますからアドリブではありませんよ」杉林が稲次郎を宥《なだ》める。「やはり、武田先生に電話ができるのは山下先生しかいないんです。かなり重要な仕事でプレッシャーもあるとは思いますが、どうかお願いできませんか。普段の堂々とした山下先生の態度なら、きっと怪しまれないはずです」

杉林の奴、なかなかやるな。稲次郎も煽《おだ》てられて鼻がプクリと膨らんでいる。

「まあ、私しかいないのなら、やるしかないがね」

「やってくれるって。良かったたね、風見君」杉林が、細長い手を伸ばし、コーチンの背中をグイッと押した。

「よろしくお願いします……」コーチンが渋々頭を下げる。

凡人ほどプライドが高い。大人たちのこういうシーンを見る度に思ってしまう。こんな一大事でも、まだ揉めようとしているなんて馬鹿じゃなかろうか。ベッドには死体があり、この窮地を打破できなければ全員の人生が破滅するってときに、演劇部なんてどうでもいいじゃねえか。低レベル同士で優劣をつけたところで何が変わると言うのだろう。僕みたいにトップ街道をひた走ってきた人間には永遠に理解できない。

堪えられない怒りがまた込み上げてきて、脳の血管がブチブチと二、三本切れた。今まではどんな窮地も自分の力で切り抜けてきたのに、今夜は馬鹿な大人たちに運命を委《ゆだ》ねなくちゃいけないなんて、納得できない。

頼りになるのは杉林だけだ。でも、このまま武田を見殺しにしてしまうことになるのか……。あっさりと悪魔に魂を売ろうとしている自分の冷酷さに驚いてしまう。

一体、どうすりゃ、いいんだよ！

「武田のオッサンのことやから、『みな美先生から話がある』って言えば、すぐに飛んで来るんちゃうか」火石が提案した。

「それで来てくれますかね」コーチンが顔をしかめる。

火石が、嬉しそうに鼻で笑う。「まあ、ストーカーしたせいでゴキブリのように毛嫌いされとったしな。いきなり、『話がある』って言われても怪しむか……」

「そもそも、私がこんな夜中にみな美先生と一緒にいることの説明がいるだろ」稲次郎が口を挟んだ。

「みな美先生が、『教師を辞めたい』と悩んでいる設定はどうでしょ。その理由が武田先生のストーカーってのは」

杉林の案に、三人が顔を輝かせる。

「なるほどな。その相談を山下先生が受けていることにすればええんか」火石が自分を納得させるように何度も頷いた。「それやったら、この時間でもおかしくはないな」

杉林が、さらに案を出す。「山下先生の他に、もう一人が相談に乗っている設定がいいと思います。さすがに、みな美先生と山下先生が二人きりなのは違和感があるでしょ」

「うん。もちろん、そうだ。もう一人いなきゃおかしい」稲次郎も啄木鳥《きつつき》みたいに頷いた。

「私と一緒に、みな美先生の相談を受けてるのは誰にする？」

「やっぱり、年齢の順にいって火石先生でしょう」コーチンが言った。

杉林が、首を横に振った。「いや、火石先生じゃないほうがいい。風見君ですね」

「僕ですか？　自分で言うのも何ですけど、こんなチャラい奴に相談を持ちかけますかね」

自分でわかってるなら、そのキャラを直せよ。僕はクローゼットからコーチンに向かって中指を立てた。

「オレと火石先生は隠れている。武田先生を背後から襲うためにね」

杉林のこの一言で、寝室に緊張感が走った。具体的に武田を殺す話になったからだ。

心臓が、誰かに握り潰されたみたいに痛い。これから、何の罪もない人間が殺されようとしている。苦しくなって目を閉じると、瞼《まぶた》の裏に武田の姿が浮かんだ。ヨレヨレの白衣を着て、教壇に立っている。どういう話の流れだったかは忘れたけれど、武田の言葉で耳に残っているものがある。

『人はみな、神や人類を満足させるために、ときには愚かさの生贄《いけにえ》にならなければなりません』

何て皮肉だ。今夜、武田は、僕を含めた五人の愚か者の生贄になろうとしている。

コーチンが杉林に訊いた。「火石先生と杉林先生は、どこに隠れるつもりですか」

「そうだな」杉林は、ゆっくりと寝室を見回し、こっちを向いた。「この部屋ならクローゼットだろうな」

7

杉林と目が合ったような気がして、僕は思わず体を仰《の》け反《ぞ》らした。

や、やめてくれ。見つかっちゃうよ。

「このクローゼット、中は広いのかな」杉林が、こっちにやってくる。

アウトだ。結局、何もできずに終わってしまった。目に涙が滲《にじ》んできた。

見つかったらどうなる？　四人は、殺人を目撃した僕をどうするつもりだ？

ほんの〇・一秒の間に、両親や野球部のチームメイトや、学園の友達たちの姿が脳裏を駆け巡る。

でも、全員の顔がのっぺらぼうだ。

＊

僕に、本当の意味での友達はいない。

小学校低学年から、僕の存在は特別だった。ドッジボールやキックベースや駆けっこをやっても、「皆、ふざけてるの？」と思うほど弱かった。三年生のとき、地区の少年野球チームに入ってもそれは同じだった。僕が投げる球をキャッチできる同級生はいなかったし、僕が打てば内野ゴロでも誰も捕れず、ランニングホームランになってしまう。

四年生のときにはすでに、六年生のチームに混じってエースで四番だった。

中学校では、学校の部活には入らず、野球の上手い子が集まる《ボーイズリーグ》で活躍した。中学二年のときで、身長が一七五センチあり、投げるストレートは百三十キロを超えた。地元の新聞は『新潟に神童現る』と書き立て、早くも全国の強豪高校のスカウトが僕のピッチングを観にやってきた。

まず、打たれなかった。変化球なんていらない。ノーヒットノーランは当たり前の世界だ。大阪の清冠学園を選んだのは、熱狂的な阪神ファンの父親を喜ばせるためと、当時、日本全国のボーイズリーグの大会で活躍した選手が、こぞって清冠学園に入学したからだ。甲子園に出るからには、優勝するしか意味がない。僕は迷わず、清冠学園に決めた。

新潟の両親や友達は、腫《は》れ物にさわるように僕に接した。

卒業式の寄せ書きにも、「プロ野球選手になってサインしてください」という内容のコメントしか書かれていなかった。野球が忙しすぎて、遠足や夏のキャンプにも行っていない。

清冠学園に入ってから、さらに僕は孤立した。

身長が百八十センチを超え、ストレートは百四十キロの後半が出るようになった。変化球もスライダーとフォークをマスターし、背番号は十八番ながら三年生のエースを押し退《の》けて一年の夏から甲子園で投げた。一回戦で敗退したけれど、早くも学園のヒーローになってしまった。練習試合からプロ球団のスカウトが顔を出し、他の学校の女子生徒たちが見学にやってきた。

僕は、周囲から求められる純朴な好青年キャラを演じ続けた。何があってもニコニコと笑顔を絶やさず、ストレスを押し殺していた。

次第に、僕は見えないバリアを張って周りと一定の距離を保つことに専念した。あくまでも愛されるキャラを維持しながら、野球部のチームメイトやクラスメイトと浅く付き合う。プロに入るまでは、野球以外のことでモチベーションを削《そ》がれたくなかったからだ。結局、生徒たちや教師は、僕を憧れの目で見るだけで、誰も懐に飛び込んでは来なかった。

みな美先生だけは違うと思ったけれど、僕の勘違いだったみたいだ。彼女が僕の体を求めてきたのも、どうせ「理由なんてないわ」だろう。

＊

杉林が、クローゼットの前に立つ。

僕はいつでも飛び出せるよう体を半身に屈《かが》めた。

扉が開いた瞬間、杉林に体当たりを食らわす。稲次郎とコーチンは驚くだけで何もできないはずだ。火石に捕まらないようにだけ気をつけて、寝室から逃げ出してやる。

杉林がクローゼットの扉に手を伸ばしたそのとき――。

携帯電話の着メロが鳴った。

僕と寝室の男たちがビクリと反応する。全員の目が、サイドテーブルに注がれた。

みな美先生のスマートフォンだ。悲しげなオルゴールの音色。聞いたことはあるけれど、曲名が出てこない。

「これ、『ニュー・シネマ・パラダイス』のテーマ曲ですよね？」映画研究部顧問のコーチンがオタクぶりを発揮した。

「知らんがな」火石が吐き捨てるように言った。

「誰からの電話？」杉林が、クローゼットの前から少し離れる。

サイドテーブルに一番近いコーチンが、みな美先生のスマートフォンの画面を覗き込んだ。

「……武田先生です」

四人の男たちがギョッとした表情で顔を見合わせた。

「あのオッサン、毎晩、こんな時間に電話してるんか」火石が呆れる。

「どうします？　出たほうがいいですかね」コーチンが、みな美先生のスマートフォンに触ろうとした。

「待て。焦るな」杉林が、慌ててサイドテーブルに駆け寄る。

……危なかった。電話がかかってくるのがあと二秒でも遅かったら、クローゼットの扉を開けられるところだった。ただ、見つかるのはもう時間の問題だ。

「とりあえず、鳴り止むまで待とう」

杉林が、みな美先生のスマートフォンを掴んだ。全員が、杉林の手のスマートフォンを見守る。

しかし、なかなか、鳴りやまない。

「しつこいオッサンやの。だから、嫌われるねん」火石が待ちきれず、両足を交互に貧乏ゆすりさせる。

「これは好都合でしょ。武田先生が電話に出られる状況だとわかったんですから」杉林がわずかに口の端を歪める。「山下先生、これが鳴りやんだら、すぐに武田先生に電話をかけてください」

「えっ？　きゅ、急に言われても、こ、困るよ。まだ、何も決めてないだろ」稲次郎がしどろもどろになる。

「簡単です。『今、みな美先生に電話をかけただろ。ちょうど、相談を受けていたところなんだ』とおっしゃってください」

「何だって？　もっとゆっくり喋《しゃべ》ってくれないと覚えられないよ。紙に書いてくれ」

「演劇部の顧問なんだから、それしきの台詞ぐらい一回で暗記してくださいってば！」コーチンが珍しく声を荒らげる。

「じゃあ、君がやりたまえ！　私だって、好きでやるわけじゃない！」稲次郎も顔を真っ赤にして怒鳴り返した。

「責任から逃れないでくださいよ！　僕に押しつけるのは演劇部だけにしてください！」

「いつ私が押しつけたよ！　あれは完全なる君のスタンドプレーじゃないか！　君が私の演劇部を盗んだ泥棒なのだ！」

ダメだ。二人とも興奮状態になっている。

「おい、こらっ。ええ加減にせえよ」

あっ。ヤバい。火石がキレた。

火石はツカツカと稲次郎に歩み寄り、平手で丸い横っ面を張った。バチンと大きな音が寝室に響く。

「あああ、あああ」稲次郎が、舞台役者みたいに大げさに倒れ込んだ。

「風見、お前もじゃ」

「す、すいませんでした」コーチンが、直立不動で声を裏返させる。

「謝るぐらいなら、最初からすんな」

出た。練習中にエラーした選手を殴るときと同じ台詞だ。

「歯を食いしばらんかい」火石は左手でコーチンの髪の毛を摑んで引き寄せた。

「は、はい……」コーチンが引きつった顔で歯を食いしばりながら、メガネを外そうとする。

火石が馬みたいな鼻息を吐き、右の拳で強烈なボディブローを打ち込んだ。コーチンの体がくの字に折れ曲がり、自慢の黒メガネがずり下がる。

今のは効いたぞ……。ビンタが来ると思って目を閉じた瞬間に腹を殴られたから腹筋に力を入れていないもんな。

火石はフェイント攻撃をよく使う卑怯者だ。野球部の練習中でも、右手でビンタすると見せかけておいて左足で太腿をローキックしたり、ノックバットで弁慶の泣きどころを小突いたと思えば、顎《あご》に掌底を叩き込んでくる。まるで、K－1選手みたいなコンビネーションを駆使するので、野球部員たちは「猛マンの華麗なる体罰」と恐れている。

火石が、うずくまる二人の間で怒鳴った。「お前ら、揉めとる場合か。今から武田のオッサンをぶっ殺すねんど。さっさと腹を括らんかい」

途端に、泣きそうになっていた稲次郎とコーチンの顔つきが変わった。「ぶっ殺す」という単語を聞いて現実に引き戻されたのだろう。

みな美先生のスマートフォンから流れていた着メロが止まった。

「では、山下先生お願いします」杉林が、四つん這いになっている稲次郎にスマートフォンを差し出す。「慌てず、ゆっくりと話してください。武田先生から色々と質問してきても答えずに、とりあえずはこのマンションに来てもらってください」

「ビンタしてすんませんでした。俺らは山下先生が頼りなんです」火石が肩を貸し、稲次郎を立たせてやった。

「いや、悪いのは私のほうだ。おかげで目が覚めたよ。殴ってくれてありがとう」

「僕もありがとうございました」コーチンも泣きそうな声で言った。

あらら。何だか感動のシーンみたいになってるよ。

僕はこの十八年間、野球一筋で生きてきたが、体育会系のノリは大嫌いだ。自分の才能や努力不足を、汗と涙で誤魔化しているとしか思えない。

稲次郎はスマートフォンを受け取り、大きく息を吐いた。「杉林先生、もう一度台詞を教えてくれ」

「はい。武田先生に『今、みな美先生に電話をかけただろ。ちょうど、相談を受けていたところなんだ。彼女は電話に出られる状態ではないから私が折り返したんだよ』とおっしゃってください」杉林が、ゆっくりと噛み砕くように言った。

稲次郎が何度も頷きながら、スマートフォンにメモし、記憶している。

そこまで、真剣にならなきゃダメか？　教師だったら、一発で覚えられるだろうが。稲次郎は国語の授業で、「ここテストに出るぞ。覚えるだけだから簡単だろ。サービス問題をミスする奴は馬鹿だからな」といつも言っている。

稲次郎がスマートフォンを見つめながら呟く。「敬語に変換したほうがいいだろう。一応、武田先生は年上だからな」

「職員室でも山下先生は武田先生に敬語を使ってますもんね」コーチンも頷く。

火石が鼻で笑う。「俺は敬語とタメ口半々やけどな」

「その先は何て言えばいいのだ」稲次郎が杉林に訊いた。

「そうですね。『みな美先生が教師を辞めると言ってきかないんです。風見先生とみな美先生の家にお邪魔して説得しているのですが、武田先生もぜひ手伝ってくれませんか』でどうでしょ」

「わかった。最善を尽くしてみるよ」

稲次郎は額から垂れる汗を手の甲で拭い、みな美先生のスマートフォンで武田の番号にかけた。他の三人は息を飲んでその様子を見守っている。

稲次郎が耳に携帯電話を当てながら眉をひそめて舌打ちをする。一回、二回、三回、四回……。静まり返る寝室に、稲次郎の舌打ちだけが響き渡る。

「ダメだ。出ないぞ」

二十回以上舌打ちを続けたところで、稲次郎が電話を切った。

火石まで、つられて舌打ちをする。「武田のオッサン、何をしとんねん。ウンコでもしてんのか」

「もう一度、かけ直してみましょう」杉林だけは変わらず冷静だ。

十秒ほど待ってから、稲次郎が再び電話をかけたが結果は同じだった。

まさか、ビックリしてるんじゃねぇだろうな。憧れのみな美先生から折り返し電話がかかってきてドキマギしている武田を想像してしまう。

火石が顔を歪めて天井を仰いだ。「どうすんねん。出てくれんかったら呼び出されへんやんけ。あのオッサンだけはホンマにムカつく奴やのう。ああ、今すぐシバキたい。引きずり廻したいわ」

落ち着けよ、火石。その勢いだと、武田が来た瞬間、本当にぶん殴ってしまいそうだ。

「メールしてみましょうよ」ようやく立ち上がったコーチンが言った。まだ痛そうに、殴られた腹を押さえている。「武田先生はイタズラ気分で電話をかけてきたわけですから、みな美先生からかかってきて、きっとテンパってるんですよ」

「絶対そうや」火石が手を叩いた。「ホンマ、ムカつくわ。ああ、今すぐ殺したい。ぶっ殺したいわ」

稲次郎がコーチンに訊いた。「私の携帯とみな美先生のと、どっちの電話で送ればいいかな？　私の携帯には武田先生のメールアドレスは入っているが、みな美先生は知らないだろうし。みな美先生から武田先生にメールが行ったら不自然だよな」

「念のためにみな美先生のメール履歴を調べてみたらどうです？　武田先生が、みな美先生のアドレスを調べて一方的にメールを送りつけてる可能性もありますよ」

「メールなら別に私がやらなくてもいいだろ。君がやりたまえ」

稲次郎が、みな美先生の電話をコーチンに押し付けた。たぶん、最新式のスマートフォンを扱いきれないからだ。

「それなら任せてください」コーチンが、得意気な顔でみな美先生のスマートフォンを受け取り、慣れた手つきでタッチパネルに指を滑らせる。

「あのオッサンのことやから、絶対、メールもしてるやろ」火石が、コーチンのうしろから画面を覗き込んだ。

「あれっ。おかしいだろ、これ」コーチンが、スマートフォンの画面に顔を近づけて目を細める。

「どうしてん？」火石も身を乗り出して目を細める。

「メールの履歴が一件も残ってないんですよ」

コーチンが三人にスマートフォンを見せる。

「みな美先生は誰ともメールをしてないからじゃないのか」稲次郎が眉を顰《ひそ》める。「メール嫌いな人も中にはいるだろうしな。君たちはみな美先生と一度でもメールのやり取りをしたのかね」

三人が首を横に振った。不倫ではメールを使わないことがルールなのだろうか。

コーチンが納得できない顔で言った。「メールを使わない人がスマートフォンを持ちますかね」

「どうなんやろな」火石が、ベッドのみな美先生をチラリと見た。「この女がメールを全部消去したんや。どうせ、読まれたらマズいメールでもわんさか入ってたんやろ。恐喝してたんは俺らだけとちゃうかもな」

「通話の履歴はどうなってる？」杉林がコーチンに訊いた。

「ちょっと待ってくださいね」コーチンが指を動かす。

ヤバい。このマンションに来る前に、僕が電話した。みな美先生から、「難波に着いたら電話してね」と言われていたからだ。あのスマートフォンには僕の携帯番号がバッチリ残っている。

「何だよ、これ？」コーチンが、またスマートフォンの画面に食いつく。「武田先生の番号ばっかりじゃん」

僕の番号はスルーされた。みな美先生が名前を登録していなければ、僕の名前は出てこないから、コーチンもわからなかったのだろう。でも……。

僕の名前は登録していないのに、武田先生の名前を登録してるのって、ちょっぴり傷ついてしまう。

火石がゴキブリを見るみたいな目で、スマートフォンを見た。「武田のオッサン、どんだけ暇やねん。電話をかけまくっとるやんけ」

コーチンが青ざめた顔になり言った。

「違います。これ《発信履歴》なんです。みな美先生が、武田先生にかけまくってるんですよ」

8

何だって？　クローゼットの中で、僕は耳を疑った。

みな美先生が武田先生に電話？　ありえないって。

思わずここから出ていって、コーチンが持っているスマートフォンを覗いてやろうかと思ったぐらいだ。

「ちょい待てや。おかしいやろ。何で、みな美先生のほうから、あんなゴキブリみたいに薄汚いオッサンにかけなアカンのじゃ」火石がコーチンの手から、スマートフォンをひったくる。

「理由は明確でしょ。武田先生も恐喝されてたんですよ。だから、こんな時間にも電話をかける」杉林があっけらかんと言った。

「えっ？　て、ことは……」コーチンの顔が青色を通り越して白くなった。「武田先生もみな美先生と不倫してた確率が高いってことですか？」

「武田先生は独身だから、不倫とは違うでしょ」

「おい、こらっ。ほんじゃあ、真っ当な恋愛になってまうやんけ」火石が杉林に食ってかかった。

「まあ、そういうことになりますね」

火石が、これ以上ないほど顔を歪める。「いくらなんでもそれはないやろ。あの武田のオッサンやで？　お前が女やとして、いくら金のためとはいえ、あんな妖怪とセックスできるか？　できてもギリギリ山下先生どまりやろ」

稲次郎が「失礼な」とばかりに咳払《せきばら》いをする。

僕も火石と同意見だ。武田の気持ち悪さは別格だろう。〝キモい界〟のイチローと言っても過言ではない。

「不倫でもないのにどうやって恐喝できるんですか？　武田先生は結婚してないんだから脅される材料が何もないじゃないですか」

ワナワナと声を震わすコーチンの肩に、杉林がポンと手を置いた。

「ひとつだけある。武田先生はあれだけ熱狂的にみな美先生に入れこんでたわけだろ。『別れたくなければ金を払え』って言われたら幾らでも払うと思わない？　武田先生にとっては何よりも脅しになるでしょ」

なるほど、その手があったか。みな美先生の手口に思わず感心してしまうと同時に、吐き気をもよおしてきた。

みなフォン、メチャクチャだよ……。

そこまでして、お金が欲しいの？　稲次郎とやってるってだけで充分引いちゃったけれど、武田はないよな。もしかして、みな美先生は鼻が悪いのか。そうじゃないと、武田の生ゴミみたいな口臭やカメムシみたいな体臭には耐えられるはずがない。

考えようによっては、僕はみな美先生とセックスができなくてラッキーだったのか。もう少しで、今、目の前にいるみっともない奴らプラス規格外の薄汚いオヤジと〝兄弟〟になるところだった。僕の童貞を汚さないように、神様が配慮してくれたのかもしれない。

ポジティブシンキングは、一流アスリートの資質であると、スポーツ雑誌の「メンタル特集」にも書いてあった。

このクローゼットに閉じ込められた体験は、必ず後の野球人生で活かされる。こんなとんでもないピンチを乗り越えられれば、日本シリーズだろうが、ワールドシリーズだろうが屁みたいなものだ。

今夜の出来事は、野球史に輝く伝説のピッチャーになるための試練なんだ。どうりで、メチャクチャに追い込まれていくはずだ。

寝室の男たちは、魂を抜かれたみたいに沈んでいた。火石など胡座《あぐら》をかいてタバコをくわえている。

「ここで吸うのはやめましょ。余計な証拠は残したくないでしょ」杉林が、火石に注意した。

「別にええやんけ。一本ぐらい吸わせろや」

完全にヤケクソになっている。いつも試合のときの円陣で、「三振してもエラーしてもふて腐れるな！　ふて腐れたら、それで負けや！」と言ってたのは何だったのだろう。

火石が、迷彩柄のカーゴパンツからジッポーライターを取り出し、タバコに火を点《つ》けようとした。

「ダメですってば」火石の手を杉林が摑んだ。

「おい、放さんかい、コラッ」火石がヤクザみたいにすごむ。

「どうしても吸いたいのなら、キッチンで換気扇をつけて吸ってくださいよ。もちろん、携帯灰皿は持ってますよね。野球部の監督がポイ捨てするはずがありませんもんね」

火石が、鬱陶《うっとう》しそうに顔をしかめる。「わかった。吸わへんわ。くそったれが」

杉林が火石の手首を放し、火石がタバコをケースに戻す。

この二人、いつか殴り合いの喧嘩を起こすんじゃないか。杉林がいくら冷静でも、火石がブチ切れるのは時間の問題だ。同じ大阪人同士だけれど、学園でも明らかにお互いを敬遠している。「杉林はキタ出身で、火石はミナミの人間やから馬が合わへんねん」と大阪生まれ大阪育ちのクラスメイトが言っていた。彼曰く、キタとミナミでは人種が違うらしい。新潟出身の僕からすれば、軽いカルチャーショックだった。

お願いだから、これ以上、事態をややこしくしないでくれよな。伝説のピッチャーになるための試練もほどほどにしてくれないと、胃に穴があいてしまう。

コーチンが、ベッドのみな美先生を見ながらしみじみと言った。

「みな美先生って、何だか不思議な人ですよね」

「単なるヤリマンじゃ」火石が吐き捨てる。

稲次郎もベッドを見て、しんみりと語り始めた。「こんな言い方は不適切かもしれないが、ある意味、みな美先生は女神としての一面を持ち合わせていたように思う」

火石が鼻で笑ったが、稲次郎は気にせず続けた。

「みな美先生と過ごした時間、年甲斐もなくはしゃいでいる自分がいた。モノクロの世界に住んでいたのに、突然、すべてのものに色がつき、美しく輝きだしたように見えた」

「それ、『オズの魔法使』の手法ですね。あの映画はジュディ・ガーランドが抜群にいいんですよねえ」コーチンが、またオタクぶりを発揮する。

稲次郎は、さすがにムッとした顔を見せたが、それも堪えてみせた。

「とにかく、私はみな美先生に救われたのだ。彼女に会えると思うだけで、毎朝、ミュージカルのように歌いながら出勤したい気持ちでいっぱいだった。たしかに、彼女に払った金額は安くない。妻に内緒で、金融会社から借金するのも限界だ。しかし、これだけは言わせてくれ。私は、みな美先生を憎んではいるが、それ以上に感謝している」

驚いたことに、稲次郎はベッドに近づき、シーツの上からみな美先生の手を握った。

「ありがとう。みな美先生」

火石がカラカラと笑った。「山下先生。演劇の時間はそろそろ終わりにしてもらえますか。ひとり舞台とちゃうねんから。見てるこっちが恥ずかしくなって、ケツの穴が痒くなりますわ」

「何とでも言え」稲次郎が、火石をひと睨みして、ベッドから離れる。

「俺にはこの女の行動がまったく理解できへん。理解したくもないけどな」火石が、胡座をかいたまま嘆いた。「杉林もそうやろ？　だって、金が目的やったら、わざわざ俺らみたいな安月給から絞り取らんでもええやんけ。こんな美貌があるんやったら教師なんかせんと、ホステスでもして大金持ちのジジイを摑まえて、ポーンと玉の輿に乗ったほうが手っ取り早いやん。どうせジジイのほうが先に死ぬから遺産もガッポリ入ってくるやろうし。ホンマにみな美先生は何でこんな俺らみたいな中途半端な奴らと関係を持ったんかわからへんわ」

コイツ、こんな男だったのか。僕が三年間見てきた〝猛マン〟とは別人だ。弱々しくて、見てられない。グラウンドで自信満々にノックバットを振り回していたのは表の姿だったんだ。

やっぱり、そうだ。誰でも本当の自分を隠している。本当の自分なのに、他人には見せたくない。

「我々は色々なことをするが、なぜそうするのかは知らない」コーチンが、ぼそりと呟いた。

「何やねん、それ。俺を慰めてるつもりか」

「僕の言葉じゃありませんよ。あの方のお言葉です」コーチンが、壁のアインシュタインを指す。

クローゼットから見ると、奇妙な光景だった。アインシュタインはみな美先生の死体の上で舌を出しながら、愚かな男たちをずっと見守っているようだ。馬鹿にしているみたいに見えるし、呆れている顔にも見える。

「どんだけ、アインシュタインが好きなんだよ」さすがの杉林も苦笑いをした。

「最近、アインシュタインの名言集を読んだんです。やはり歴史に残る科学者だけに、いい言葉を残しまくってるんですよね」

「たとえば？　もう言わなくてもいいように、全部出しといてくれや」杉林が肩をすくめる。

「はい」この状況だというのに、コーチンが嬉しそうに返事をした。「えーとですね。まず一番心に響いたのは、《成功した人間になろうとするな。価値のある人間になろうとせよ》ですね」

ん？　今の言葉、どこかで聞いたことがあるぞ。

「あと、カッコイイなあと思ったのは、《人はみな、神や人類を満足させるために、ときには愚かさの生贄にならなければならない》です。いいこと言うでしょ」

僕は、クローゼットの中で愕然《がくぜん》とした。

二つとも、武田の口から聞いたぞ。あの野郎、思いっきりアインシュタインからパクってるじゃねえか。さも、自分の言葉みたいに語ってたくせに。

ふざけんなよ。そこまでして、生徒たちからのリスペクトが欲しいのか。まあ、そんな小細工をしたところで、効果はゼロだったけれども。元から嫌いだったのが、輪をかけて軽蔑だ。今度会ったら、一発殴ってやりたい。

コーチンは、メガネを指で上げながら、しつこくアインシュタインの名言を思い出してる。

「あと好きなのは、《私は天才ではありません。ただ、人より長くひとつのことと付き合ってきただけです》ですね」

まさに、僕のことだ。誰よりも野球と向き合い、努力を積み重ねてきた。何度も、「天才」と呼ばれてきたけれど、心の中では常にこう思っていた。

《天才と呼ばれる人間ほど、本当は天才なんていないと知っている。》

これ、なかなかの名言じゃないか。いつか僕も『長尾虎之助名言集　～キラキラした言葉たち～』みたいなタイトルの本を野心的な出版社から出すだろう。印税は全国の野球少年たちに寄付して格を上げるのもいい。

名言、他に何かないかな。

《僕は金を数えない。今までストライクのカウントに忙しかったからだ。》

この名言はイマイチだ。ボツにしよう。

《人生はピッチングと似ている。狙いすぎると逆に外れてしまう。》

《男と女の関係はピッチャーとキャッチャーそのものだ。片方が投げかけて、もう片方がそれを受け止める。》

……この二つともボツだ。名言というよりは、ただの野球の解説になってしまった。

「私の好きな名言は、《人間は恋と革命のために生まれてきたのだ》だな。また太宰の言葉になるが」稲次郎が言った。コーチンに対抗意識を燃やしている。

それにしても、稲次郎の口から恋という言葉が出てくると寒けがする。

「山下先生は太宰治の大ファンですね」コーチンが、少し嫌味を込めて言った。

「別にファンではない。国語の教師だから知っている名言が偏っているだけだ。火石先生の好きな言葉も教えて欲しいな」

稲次郎が火石に振った。これは見ものだ。脳味噌が筋肉でできている火石が、洒落《しゃれ》た名言を答えられるだろうか。

「俺が最近聞いた中でええなと思った言葉は、《エレベーターに乗ったら閉じ込められると思いなさい》やな」

コーチンが眉をひそめる。「それは誰の言葉ですか」

「行きつけのオカマバーのママ。マッキーって言うねんけど、これがまたオモロい奴やねん。今度、連れてってやるわ。店の名前は『フルスイング』。笑わすやろ」

「……よろしくお願いします」コーチンが遠慮したそうな顔で言った。

「杉林先生の好きな名言は何だ」稲次郎が訊いた。

「《正義のためには法律を犯すことも許される。そのとき暴力は武器となり、正義となるのだ》」杉林が即答した。「ムッソリーニの言葉です」

寝室が静まり返った。自分たちが法律を犯したことを嚙みしめているのか。そして、それが許されるのか考えているのだろう。

「名言なんかどうでもええねん」火石が沈黙を破った。「武田のオッサンの呼び出し方を考えろや。朝になってまうぞ」

サイドテーブルのデジタル時計は、午前一時を回っていた。

「とりあえず、メールをしなきゃ始まらんだろ。風見君、さっさと頼むよ」稲次郎も気持ちを切り換える。

「すいません。すぐにやります」コーチンが、みな美先生のスマートフォンでメールを打とうとした。

「待て」杉林が止める。「メールなら、山下先生の携帯電話を使ったほうが自然でしょ。呼び出すのは、あくまでも山下先生なんだから」

「それもそうですね」コーチンがスマートフォンをサイドテーブルに戻す。

「メールを打つのは私がやるが、文章は杉林先生が考えてくれよ」稲次郎が、渋々とセカンドバッグから、自分の携帯電話を出した。

「ほんじゃあ、メールは任したで」胡座をかいていた火石が立ち上がった。「俺はさっき途中やったから、クローゼットを確かめとくわ。武田のオッサンを背後から襲うんやったら、俺と杉林先生の二人が入れるスペースがないとアカンやろ」

来るんじゃねえよ！　よりによって火石だ。あの筋肉に体当たりが通じるとは思えない。股間を蹴り上げるか？　いや、格闘技をやったこともないのに、いきなり、そんな技が成功するはずがない。

火石がクローゼットに向かって足を踏み出そうとした瞬間、また、みな美先生のスマートフォンが鳴った。

「かかってきたで！　山下先生、次は直接出たらええがな！」火石がクルリと方向転換し、サイドテーブルに向かう。

しかし、今度はすぐに鳴り止んだ。

「おい、何やねん」火石が思わず足を止める。

「メールみたいですね」コーチンが火石を追い越し、スマートフォンを取った。

「武田先生からか」杉林が訊いた。

コーチンがメールを確認する。

「武田先生です」

全員が、コーチンの元に集まり、スマートフォンを覗き込む。

火石がメールを読み上げた。

「おい、『今、みな美先生のマンションのエントランスにいます』って書いてるやんけ」

全員が驚いて顔を見合わせた。

「ヤバいじゃないですか！　まだ殺す準備ができてないのに、殺される人が来ちゃったじゃないですか！」コーチンがメガネを外して、Tシャツで拭き出す。

「す、杉林先生、どうするの。こういう場合、どう対処するのよ」稲次郎が、杉林の腕を摑んだ。

「隠れたほうがええんちゃうか？」火石が、またクローゼットにやって来そうになる。

「いや、何も作戦を立ててないから、上手く寝室に誘導できるとは限りません。四人で玄関まで迎えにいきましょ。みな美先生から相談を受けてみんなで集まってたんです、といってオートロックを開けましょう」

「玄関でぶち殺すんか」火石が指をボキボキと鳴らす。

「武器がありませんよ。素手で殺すつもりですか？」コーチンが泣きそうな顔で言った。

「それじゃあ、無理心中にならないでしょ。あくまでも、寝室で殺さなきゃ意味がありません。いざとなったら、四人で武田先生に襲いかかって寝室に運びます。殺すのはそれからにしましょ」

杉林の早口の説明に、僕まで緊張してきた。とうとう、二人目の殺人が行われてしまう。

「よっしゃ」火石が両手で自分の頰を叩いて気合いを入れる。

稲次郎は高速で舌打ちをし、コーチンは神に祈るみたいに胸の前で両手を合わせた。

杉林が全員の顔を見回し、低い声で言った。

「皆さん。殺すときは、躊躇《ちゅうちょ》したらいけませんよ。人生は自分の力で変えていきましょ」

全員が頷き、寝室から出て行った。一番、最後に出たコーチンがゆっくりと寝室のドアを閉める。

やっと、誰もいなくなった。今なら、クローゼットから出られる。でも、出たところで何ができる？

僕は、クローゼットの扉の隙間から、アインシュタインの写真を見つめた。コーチンは神様にじゃなく、彼に祈っていたんだ。

　僕もダメもとで祈ってみよう。

　アインシュタイン様。そう簡単に奇跡が起きないのはわかっています。けれど、今夜の出来事はあまりにも理不尽だと思います。僕はまだ十八歳で、輝ける未来が待っているのです。どうか、哀れな僕をお守りください。あと、図々しいですが、来年のプロ野球の新人賞を僕にください。

　……待てよ。白髪のモジャモジャ頭に祈ってる場合か。今こそが逃げ出す絶好のチャンスじゃないの？

　僕は、思わずクローゼットの扉を開けかけた。

　焦るなってば！　長尾虎之助！　脱出するには、玄関を通らねばならないから、どうやっても見つかってしまう。冷静に考えればわかることだろうが。

　危なかった。盗塁に失敗するときの心理とそっくりだ。負けているときの盗塁ほど〝刺される〟率が高い。逆に、勝っているときは相手ピッチャーの投球モーションのクセをじっくりと観察できて、楽々セーフになる。

　そう、二流選手は、追い込まれるとすぐに視野が狭くなり、普段ではありえないミスを犯す。一流選手は、ピンチになるほど視野が広くなる。

僕にできることは他にもあるはずだ。今、やらなければいけないことが。

さっき、もう少しでクローゼットを開けられるところだった。それも、二回も。武田の奇跡的な電話とメールにより、間一髪で救われたから良かったものの、三回目は助からないと思ったほうがいい。ちょうど、ツーストライクの状態だ。スリーストライクでバッターアウト。野球なら、スゴスゴとベンチに帰り、監督の説教を聞けばいいけれど、今夜は違う。次の打席は回ってこない。一度のミスでゲームセットだ。

……そう考えると、人生とは何と厳しいものだろう。平凡な農家だった両親を心の中では尊敬できなかったのだけれど、ちゃんと苦労を抱えながら僕を育ててくれたのか。

親孝行をするためにも、無事に脱出してみせる。

僕は、クローゼットの扉を開けて、忍び足で寝室へと出た。音が鳴らないように、ゆっくりと扉を閉め、フローリングの床でヘッドスライディングをした。

ベッドの下に、潜り込むためだ。

9

隠れ場所をベッドの下に変更したのには二つの理由がある。

ひとつ目は、あのままクローゼットに隠れていたら見つかる可能性が高いこと。二つ目は、自分のスマートフォンを取り返すためだ。

脱ぎ捨てたジーンズがあった。みな美先生が隠してくれたものだ。僕は、うしろポケットに入っていたスマートフォンを慎重に取り出した。せっかく洋服まで辿《たど》りついたけれど、この狭さでは服を着るのは無理だ。

電源を切っていて良かった（みな美先生とせっかく二人きりになれるのに、誰からも邪魔されたくなかったからだ）。我ながら運がいい。電源を入れ直し、すばやく音の鳴らない設定にし、バイブも止めた。

これで、奴らに気づかれずにメールを打てる。いざとなったときに警察に通報することも……。そのときは、プロ野球選手の夢を諦めることになるが。

『キラキラ王子、美人女教師のベッドの下で保護』というスポーツ新聞の記事が目に浮かぶ。

それにしても、僕の真上にみな美先生の死体があるのか。実感がまったく湧いてこない。みな美先生の唇の温かくて柔らかかった感触が、まだ僕の唇に残っている。ファーストキスではなかったけれど、間違いなく十八年間の人生の中で、ぶっちぎりで首位を独走する最高のキスだった。

唐突に、四人の男たちが寝室に入ってきた。ベッドの下はクローゼットと違って視界が狭く、奴らの動きは足しか見えない。

「武田のオッサンの奴、どこに隠れとんねん。ビビッて逃げたんちゃうんかアイツ」火石が興奮した口調で言い、何かをペチペチと鳴らした。たぶん、手の平を拳で叩いているのだろう。

「もしかして、マンションには現れてないんじゃないですか」コーチンが、何かをキュッキュッと鳴らした。これは、Tシャツでメガネを拭いている音だ。

「ほんじゃあ、さっきのメールは何やってん」

「単なるイタズラですよ。みな美先生を驚かして楽しんでるんです」

「どこまで変態やねん」火石が、さらに強く、ベチベチと自分の手の平を殴る。

武田先生、変態でいてくれてありがとう。おかげで助かりました。

舌打ちの音に続き、稲次郎が言った。「第一、このマンションにはオートロックがあるから、そう簡単には入ってこられないだろう。我々は、たまたま住人が入れ違いで出てきたから幸運だったがな」

「そこで、〝幸運〟って言葉使うのはおかしくありませんか。僕たちがマンションに入れなければ、みな美先生が死ぬことはなかったんですから、どちらかと言えば〝不運〟でしょう」コーチンが、また稲次郎に突っかかっている。

「オレも武田先生のイタズラだと思う」杉林の声だ。静かにため息をついた。「彼のペースに惑わされずに、一から作戦を練り直しましょ」

「まずはここやな」

火石の迷彩柄の足がクローゼットに近づいた。乱暴に扉を開ける音がした。他の三人の足も様子を窺《うかが》うようにクローゼットに近づく。

危なかった。あのまま隠れていたら、僕は見つかっていた。瞬時にベッドの下にもぐりこんだ自分の判断力に惚れ惚れしてしまう。

「とりあえず、火石君と杉林君が隠れてみるか」

稲次郎の提案に従い、二人の足がクローゼットの中に入る。先に細長い杉林の足、次に迷彩柄の火石の足が入っていき、扉が閉まった。

妙な光景だ。自分がアニメの妖精かネズミになった気分がする。昔、母親に強制的に観せられたアニメの『トムとジェリー』を思い出す。

「こりゃ、アカンな」扉の向こうから火石が言った。「靴箱が邪魔で狭すぎるわ」

「他の部屋に靴箱を移動させましょうか」コーチンのスリムジーンズの足が、クローゼットの正面に立つ。扉が開き、ギギギッと軋《きし》む音がする。

「大量にあるぞ、時間が勿体ないで」火石の足が、クローゼットから出てきた。

「いや、ここに隠れるのはやめよう。音が気になる。武田先生の不意をつけなきゃ意味がないでしょ」軋んだ音が立て続けにする。杉林が、開け閉めをしているのだろうか。

「別に隠れんでもええんちゃうか。結局、山下先生と風見先生の二人で相談を受けてましたって話は、メールも電話もしてないわけだし。一気に四人でかかってしまえば早いやん」火石が、面倒臭そうに言った。

クローゼットから杉林の足が出てくる。「なるべくスムーズに殺さないと、あとあと面倒が増えますよ。無理心中なんだから、武田先生は自殺に見せかけなきゃダメでしょ。暴行の跡が残っていたら、防犯カメラに写っているオレらが、真っ先に疑われます」

「無理心中が上手くいったとしても、我々が警察の取り調べを受けるのは間違いないからな」稲次郎がまた舌打ちの連打を始めた。

杉林が冷静な声で言った。「そうなんです。オレらは、生きていたみな美先生と武田先生の最後の目撃者になるんです。手順通りに言ったら、『武田先生をこの部屋に呼ぶ』。そして、『武田先生を無理心中に見せかけて殺す』。何事もなかったような顔をして、『部屋から出て行く』。後日、事件が発覚して警察に呼ばれたら、『オレらが部屋を出るときは、二人とも生きてましたよ』と証言する。この筋が崩れないよう肝に銘じていきましょ」

「問題はなぜ我々がみな美先生と武田先生を二人きりにしたのかだな。警察もさすがに不審に思うだろ」稲次郎も冷静さを取り戻した。舌打ちが止まっている。

「たしかに、学園中の人間が、武田先生がみな美先生のストーカーだと知っていますもんね」コーチンが、珍しく稲次郎に同意する。

「では、この問題をクリアしてから次に進みましょ」杉林が授業みたいな口調で言った。

急に、目が強烈に痒くなってきた。鼻の奥がムズムズとする。

……ヤバい。出そうだ。

僕は、両手で鼻と口を押さえて必死でクシャミを堪えた。よく見ると、ベッドの下は埃《ほこり》だらけじゃないか。

生理現象を我慢するほど苦しいものはない。小学生まで、アレルギー性鼻炎だった僕にとっては（病院通いと食事療法で治した）、拷問に等しかった。

みなフォン、掃除ぐらいしてくれよ。見えないとこほど汚れが溜まるって、親から教わらなかったのかよ。……そうか、みな美先生はワシントン育ちだった。家の中でも靴を履いて育ってきたなら仕方ないのか。

僕はうつぶせの体勢だった。上半身が早くも埃まみれになっている。せめて、Tシャツだけでも着たいのだけれど、奴らがこんなに至近距離だと身動きも取れない。アニメのネズミというよりはゴキブリになった気分だ。

「みな美先生が教師を辞めたいという話はもうやめて、自殺をほのめかしたってことにするのはどうですか」コーチンがアイデアを出した。「山下先生の携帯から、メールで『直前で引き止めましたが、学園の先生方が何人か集まっています。至急、みな美先生の自宅に来ていただけないでしょうか。ことがことなので、他の先生や警察には連絡しないようお願いします』と武田先生の携帯に送るんですよ。そして後々、我々は警察にこう説明するんです。みな美先生が落ち着いたので我々は帰ったが、ストーカーになるほど惚れていた武田先生は残った。非常事態だったので、彼女を一人にするより安心だと思った、と」

「なるほど、それはええな。その言い方やったら警察も納得するやろ」火石が嬉しそうに言った。

「風見君、なかなかやるじゃないか。見直したよ」稲次郎も鼻息が荒い。

「ありがとうございます」コーチンが、褒められた生徒みたいな声で言った。

「じゃあ、風見君の意見を採用しましょ。いいですね」杉林の声のトーンは変わらない。相変わらず、低く渋いままだ。

四人の表情が見えなくても、試合前の野球部員みたいな気合いがビンビンと伝わってくる。さっきまで、仲が悪かったけれど、「武田を殺す」という共通目標ができて、チームワークが固まったのかもしれない。

「次は殺し方ですね。どうやって殺しますか」コーチンに、いつものチャラけたテンションが戻ってきた。「やっぱ、スタンダードに首吊りですかね」

スタンダードって何だよ。バカじゃねえのコイツ。

「首吊りか……」杉林の声が曇る。「ロープ的なものが必要だな」

「手っ取り早くバルコニーから落としたらアカンのか」

火石の意見に稲次郎が舌打ちをした。「無理心中なんだから、みな美先生の死体と離れるのは不自然だろ。やはり、この寝室で愛する人とともに自殺するのが情ってものだよ」

情って何だよ。殺人の計画をしてるやつらが。こいつらのバカさ加減にはマジで呆れる。

くそっ。またクシャミが出そうだ。押さえている指の間から鼻水が垂れてくる。埃を吸い込んだのか、喉《のど》の奥が痛くて咳まで出そうになってきた。

ここは、地獄だ。早く出ないと見つかってしまう。

「首吊りってどうやって見せかけるねん」火石の声がどんどん不安になってきた。「そう簡単に首にロープをかけさせてはくれんやろ。いっぺん、気絶させなアカンのちゃうか」

火石の不安がコーチンと稲次郎に伝染する。

「気絶させるのは、火石先生の役割ですよね。僕と山下先生は文化系なんで」

「お得意の暴力を思う存分振るえる絶好の機会ですぞ」

「何で俺だけやねん。杉林も体育会系やろうが」

杉林が即座に拒否する。「オレも自信はないですよ。何せ格闘技は素人なんですから。バレーボールのアタックでは気絶させられないでしょ」

「金属バットを使ってもええんやったら余裕やけどな」火石の両足がグイッと広がる。バットスイングの仕草をしているのだろう。

金属バットで殴ったら、気絶を通り越して殺しちゃうだろ。武田の頭が割れたら、どうやって無理心中に見せかけるんだよ。

「先に小道具を買いに行ったほうがいいのではないか。最低でも首吊り用のロープはいるだろう」稲次郎が演劇の準備をするような口調で言った。

「この時間ならドンキでしょうね。僕がパッと行って買ってきましょうか」コーチンが立候補する。

道頓堀沿いに《ドン・キホーテ》がある。このマンションからなら、走れば五分で行ける距離だ。

「買い物はダメでしょ。小道具はみな美先生の部屋で調達すべきやと思います」杉林が反対する。「店の防犯カメラにロープを買っている姿が写ったら終わりでしょ」

稲次郎が、リズミカルに三回舌打ちをした。「街を歩けば必ず自分の姿が盗み撮りされてしまうのか。住みにくい世の中になったものだよ」

「アカン。やっぱり我慢できへん」火石が迷彩柄のカーゴパンツからゴソゴソと何かを出した。カチャカチャと金属音もする。

「キッチンで吸ってくださいよ。換気扇をつけるのも忘れないで」杉林が釘を刺す。

タバコだ。金属音はジッポーライターか。火石はヘビースモーカーで、試合の前にベンチ裏でモクモクと吸っている。

「わかってるがな」鬱陶しそうに言って、火石の足が寝室のドアから出て行った。

「じゃあ、僕もトイレに行ってきますね」

寝室から出て行こうとするコーチンの足を、杉林の細長い足が回り込んで遮った。

「な、なんですか、トイレぐらい行かせてくださいよ」

「話がある」杉林が、警戒するような小声で言った。「火石先生には聞かれたくない」

「話とは？」稲次郎も声をひそめた。

「ハッキリ言って、火石先生は足手まといでしょ。このままやったら、あの人のせいでオレらが破滅しますよ」

「確かに、己の感情をコントロールできてないもんな。そもそも、彼が暴走してこのマンションに乗り込まなければ、こんな悲劇は起こらなかった」

「この三人で協力しましょ。火石先生の好きにさせてたら、武田先生を無理心中に見せかけるのに失敗しますよ」

うまく殺せないってことの心配か……。こいつら、完全に狂ってるよ。

ただ、杉林の心配はわかる。自殺に見せかけなくちゃいけないのに、火石は「金属バットで殴る」みたいな発言をしているのだ。あれだけ野球のときは、「チームの和を乱す奴はレギュラーでもベンチから外す」と言っていたのに、今は自分が外されそうになっている。

「でも、火石先生が大人しくしていてくれるとは思えないんですよ。お酒も入ってますし」コーチンが不安げに言った。「ああいうタイプは、自分が仕切らないと気が済みませんからね」

「いっそのこと縛り上げるか」稲次郎が冗談ぽく笑う。

「いいですね、それ」杉林が真剣な声で言った。「武田先生を殺し終えるまで火石先生を拘束しましょう」

おいおい、またおかしなことになってきたぞ。三対一とはいえ、あの筋肉の塊の〝猛マン〟に勝てるのか。

そんなことよりも、クシャミと咳が限界だ。苦しくて、全身が震えてきた。

三対一の戦いに、僕も緊急参戦しなくちゃいけないかもしれない。どっちに付いたほうが得だろうか。杉林側に付いて四対一にするよりも、火石と野球部コンビを組んだほうが勝率は高い気もする。

「どうやって拘束します？　まともに戦っても絶対勝ち目はありませんよ。僕のライフスタイルは、ずっとガンジースタイルでやってきましたから」コーチンが、身の程をわきまえて言った。

稲次郎も腰が引けている。「私も腕っぷしには自信はないな。中学生の頃は柔道部だったが、文学にのめり込んで武道は疎《おろそ》かにしていたし、喧嘩も口専門だ。議論なら火石先生に負ける気はしないのだが……」

「火石先生には気絶してもらうしかないでしょ」杉林が淡々と言った。「意識がなければ、どんな相手でも簡単に拘束できます。先制攻撃で確実に火石先生を失神させりゃこっちのもんです。まずは、二人が火石先生の視線を引きつけてくれますか。それぐらいなら、暴力が苦手でも関係ない。しかも、山下先生も風見君も演劇人なんですから、まさにピッタリの役割でしょ。その間にオレが火石先生の後頭部を重いものでぶん殴ります」

「ど、どうやって引きつければいいのだ」

「それは、さっきおっしゃってた即興劇でお願いします」

「お、重いものって何ですか」

「リビングにあるもので選びますよ。今、パッと思いつくのはグランドピアノの椅子か、キッチンカウンターに飾ってあったワインの瓶ぐらいですね」

足元しか見えていないが、稲次郎とコーチンの〝空気〟が悪い。どんよりと漂っている感じだ。ちなみに野球選手もそうで、守っているときの〝空気〟で、次にエラーをするかどうかがわかる。たとえば、セカンドが自信なさげな顔をしているなら、わざと右打者のインコースに緩い球を投げて、そっちに打球が飛ばないようにする（夏の甲子園の決勝は、野手全員がその顔だったからお手上げだった。三振を狙っていたが、さすがに延長に突入して球速が落ちてしまった）。

クシャミのことを忘れるために、野球のことを考えてみたけれど、全然、ダメだ。我慢しようと思えば思うほど、目と鼻の奥の痒みが増していく。

「僕たちの責任も重大ですね」コーチンが稲次郎に言った。「よほど上手い演技で挑まないと、杉林先生のアシストができませんもんね。僕が、山下先生をわざと挑発しますから、僕にビンタしてもらえますか」

「殴ってもいいのかい」稲次郎が驚く。

「それぐらいしなきゃ火石先生の気を逸《そ》らせないでしょう。遠慮せずに、思いっきり僕の頬を張ってください」

「わかった。渾身の力を込めるよ。火石先生が度肝を抜くほどの平手打ちをお見舞いしてみせる」稲次郎が、興奮気味に言った。

「ちょっと待った」杉林が横から割って入る。「山下先生は、最近、いつビンタをしましたか。軽く殴るようなビンタはダメですよ。本気のやつですからね」

「いや……もう十何年も記憶にないなあ。不良生徒には言葉の暴力で対抗することにしてるから」

たしかに、稲次郎の説教はねちっこくて有名だ。グチグチグチグチと納豆をかき混ぜるみたいに、執拗に生徒を攻撃する。稲次郎が説教を始めると、生徒たちは皆、机の下で納豆をかき混ぜる真似をした。

「じゃあ、ビンタはやめたほうがいいですよ。いきなりやって成功するほど甘くはないでしょ。意外と人の顔を殴るのは難しいんです。」

「えっ？　そうなの？」

「バレーボールのアタックやサーブと一緒です。練習しないと的確にミートできません。運動神経に自信があれば別ですけど」

「たしかに、ぶっつけ本番は失敗する確率が高いかもしれませんね。僕も殴られるとわかっていたら反射的に逃げてしまいそうですし……」コーチンが、またメガネをキュッキュッ言わせている。

「どうしたらいいのかな、杉林先生」

「ビンタじゃなくて、体を突き飛ばしたらどうでしょ。顔よりも的がデカいしね。風見君が大げさに転べば、充分、火石先生の目も引きつけられますよ」

「なるほど。その手でいこう」稲次郎の声がパッと明るくなる。

「突き飛ばしやすいように、僕が山下先生を挑発しながら近づきますね」コーチンも急に元気になった。

「急ぎましょ。そろそろ、火石先生がタバコを吸い終わるころです」

三人の足が、歩調を合わせて寝室から出て行った。

今だ。僕は、携帯電話を握りしめたままベッドの下から這い出した。クシャミを回避するためには、移動しなくちゃいけない。

クローゼットかバルコニーか……。この二カ所しか身を潜める場所はないけれど、どちらにもデメリットがある。クローゼットはまた扉を開けられる危険性。バルコニーは四十四階の高さと、窓を閉めたとき奴らの会話が聞こえなくなることだ。寝室の会話ならまだしも、リビングの会話は届かないだろう。現状が把握できないまま隠れていたら脱出のチャンスを逃してしまう。
……じっくり考えている時間もない。
僕はアインシュタインを見た。
あなたなら、どっちを選びますか？

第二章　王子の帰還

10

僕はクローゼットの扉を閉めると、両手で鼻と口を押さえて音が出ないようにクシャミをした。咳もかすかに漏れる。

大丈夫。これぐらいの音なら、リビングまでは聞こえないはずだ。

火石たちは、ついさっき、このクローゼットを確認した。中には誰もいないと奴らの意識に刷り込まれている以上、再び扉を開ける可能性は低いと無理やり自分を納得させて、僕はクローゼットを選んだ。

また、ここに戻ってきちゃったよ……。クシャミさえ出なければ、まだベッドの下のほうが安全だったような気もする。しかも、慌てすぎて服をベッドの下に置いてきてしまった。

「だいたい、山下先生は太りすぎなんですよ！　自分がメタボリックなことにお気づきですか！」

リビングからコーチンの怒鳴り声が聞こえてきた。とうとう、火石を陥れるための即興劇が始まったみたいだ。

それにしても、何てアホな台詞だ。どういう流れでそうなったかは聞こえなかったけれど、さっきからあの大人たちは人生最大の窮地を迎えているにもかかわらず、どこかピントがずれている。まだ、目の前で起きた出来事を現実として認められないのだろうか。

十八歳の僕に言われたくないだろうが、負け犬ほど現実を直視しない。現状を打破する努力を怖がったり面倒臭がったりして、すぐに現実逃避に走る。

「私だって好きでこの体型をしているわけではない！　教師という職業のストレスで過食が止まらないのだ！」稲次郎が、腹式呼吸の素晴しい発声で言った。

おい、稲次郎！　気合いが入ってるのはわかるけれど、演劇じゃないんだから。そんない い声は不自然すぎるよ。

なんとしても三人には作戦を成功させて欲しい。火石を気絶させてくれるのは、僕にとってもラッキーだ。あの低能のゴリラがいなくなれば、脱出の成功率も格段に跳ね上がる。

「二人ともいきなりどないしてん？　揉めてる場合ちゃうって言ったやろうが」

火石の声だ。コーチンと稲次郎の白々しいやり取りに、明らかに戸惑っている。

それにしても、杉林は何を使って火石の後頭部を殴るつもりだろう。頼むから、中途半端に軽い物はやめてくれ。殺す覚悟で殴らないと、火石はビクともしないと思う。

「僕に説教するなら、痩《や》せてからにしてください。自己管理もできないだらしない人間にとやかく言われたくありません」またコーチンが叫んでいる。

「君は私に喧嘩を売っているのかね。ならば喜んでその喧嘩を買おうじゃないか。覚悟するがいい」稲次郎がシェークスピアの芝居を演じる俳優みたいに堂々と言った。

「何するんですか？　それで突き飛ばしたつもりですか？　どうせやるなら、もっと本気で突き飛ばしたらどうですか！」

どうやら、寝室での作戦どおり稲次郎がコーチンを突き飛ばしたようだけれど、いかんせん力が弱かったみたいだ。

おい、稲次郎！　相撲取りみたいな体してるんだから、ガツンと張手をぶちかませよ。火石に怪しまれるだろうが。

「ああ、突き飛ばしてやるとも。次は手加減しないぞ！」

口で言ってどうするんだよ。あまりもの猿芝居に目を覆いたくなる。いや、見えていないから、耳を塞《ふさ》ぎたくなる、か。

杉林も火石の隙を突きにくいだろうな……。

駆け引きの下手な人間はイライラする。野球は、スポーツの中でも、駆け引きを必要とするスポーツだ。サッカーやバスケみたいにゲームが流れっぱなしじゃない。一球、一球がバッターや相手ベンチとの読みあいだ。だから、野球の試合は、長いときで三時間を超えてしまう。

数秒後、ガツンと鈍い音がした。今度は上手くいったようだ。杉林が、一体、何を使って火石を殴ったのか気になる。

「何やってんねん！　おい！　大丈夫か！」

えっ？　火石の声なんですけど……。

杉林は、殴るのに失敗したのか。じゃあ、さっきの鈍い音は何？

「す、すまない。風見君。力を入れすぎてしまった」稲次郎がうろたえた声で言った。

「頭からメチャクチャ血が出てるがな！　杉林！　救急箱を探せ！」

ドタバタと慌てる足音が聞こえた。明らかに、予想外の出来事が発生している。コーチンが大怪我をした模様だ。

あの大人たちは、どこまで、馬鹿なのだろう。あれで、よく教師になれたと思う。清冠学園の生徒が揃いも揃ってボンクラなのは、こんな教師に教えられているからだ。

しかし、考えようによってはチャンス到来かもしれない。

……この混乱に紛れて、玄関から脱出するのもありかも。

いや、いや。だから焦るなと言ったじゃないか、長尾虎之助。玄関に出るには、一度リビングを通るから、どうやっても見つかっちゃうだろ。そもそも今はトランクス一枚だ。辛抱強く待て。必ず決定的なチャンスが訪れる。野球の試合でも、下手に動いたほうが大抵負けるようになっている。

膀胱がキュッと縮まり、小便がしたくなってきた。喉も渇くし、小腹も空いてくる。

サイドテーブルのデジタル時計は、もう少しで午前二時になろうとしていた。

ラーメンが食べたい。あと餃子と明太子ライスも。

僕の大好物はトンコツラーメンだ。でも、この二年間、口にしていない。アスリートとして、一年の秋から食事にも気をつかっているからだ。なるべく、良質なたんぱく質をとるために、赤身のステーキや鳥のササミ、イワシやサバなどの青魚を食べる。むやみやたらと炭水化物を摂《と》らない。試合の三時間前に、うどんやおにぎりを食べるぐらいだ。もちろん、スナック菓子やコーラは厳禁。甘いものが欲しくなったら、グレープフルーツ味のプロテインドリンクを飲む。

それもこれも、プロ野球選手になるためだ。チームメイトが練習帰りに駅前のラーメン屋に入ったり、コンビニで買ったエクレアをほおばるのを横目で見ながら、《カロリーメイト》をかじってきた。その努力をあんなアホすぎる大人たちに潰されてたまるものか。

寝室のドアが乱暴に開き、血相を変えた杉林が飛び込んできた。

僕はビックリして、思わずクローゼットの中で後退りをしてしまった。心臓がバクバクと鳴る。

杉林は、一目散にベッドに駆け寄り、シーツを力任せに引き裂いた。ビリビリと乾いた音が寝室に響く。

何をするつもりなんだよ……。これ以上、トラブルを増やすんじゃねえよ。

破いたシーツの切れ端を持った杉林が、駆け足でリビングへと戻って行った。下唇を嚙みしめ、珍しくテンパった顔をしている。

ふと、ベッドを見ると、みな美先生の白い脚が見えた。本当に死んじゃったのか……。ずっと、遺体が見えなかったから、実感があまり湧いてこなかった。

今は、妙な気分がする。殺人事件を目撃した恐怖と、みな美先生の脚がエロティックに見えてしまうのとで、頭の中がグチャグチャだ。

「山下先生！　ボーッとしてんと、血を拭いてくれや！」火石が怒鳴った。

リビングでは、パニック状態が続いている。

……コーチン、大丈夫か？　これで、コーチンが死んでしまったら、どうなるのだろう。

「きゅ、きゅきゅ、救急車を呼ばなくてもいいのか」稲次郎が、気の毒なぐらい声を震わせて言った。

「大丈夫です。山下先生、どうか落ち着いてください。これしきで死ぬことはありませんから。まずは血を止めましょ」

杉林の声だ。驚くべきことに、まだ冷静さを保っている。さっき、シーツを破ったのも止血の包帯代わりに使うためか。

「でも、しゅ、しゅしゅ、出血が尋常ではないぞ」

「額を切っただけです。大した怪我ではありません」

「しかし、意識がないではないか」

「単なる脳震盪《のうしんとう》ですよ。バレーボールの試合でもよくある現象です。野球の試合でもよくありますよね」

「お、おう。もちろんや。しょっちゅう、頭を打って気絶しとるわ」火石が、話を合わす。

「寝かしておけば、そのうち目を覚ましよるわ」

「悠長なこと言っている場合か。何かあってからでは遅いだろ」

「おい、こらっ。何をゴチャゴチャ言うとんねん」火石が、我慢できずに怒りを露《あら》わにした。

「あんたらがいきなり喧嘩を始めたんが悪いんやろが」

「そ、それは、風見君が必要以上に挑発してくるからだな、こちらも必要以上に力が入ってしまったのだ……」稲次郎が途端にしどろもどろになる。

作戦が裏目に出ちゃったか。運動音痴の稲次郎が、力の加減がわからずコーチンを突き飛ばして、キッチンカウンターかグランドピアノの角で頭を強打ってところか。コーチンは現在、意識不明の重体というわけだ。

四人中、一人が減った。減ったのが火石でないのは残念だけれど、これで逃げやすくなったのはたしかだ。

いよいよ、運が向いてきましたね。アインシュタイン師匠。

僕は、クローゼットの扉の隙間から彼を見た。舌を出している顔も、今は、笑顔で僕を祝福してくれているように見える。

「これで何とか血が止まりました。風見君をそっとソファまで運びましょ」

杉林が、止血を終えたみたいだ。さすが、運動部の顧問だけあって手際がいい。

ちなみに火石が怪我した野球部員の治療をしている姿を見たことがない。いつもマネージャーが手当てをしている。そもそも、怪我の原因のほとんどが火石の暴力だ。

「オレが上半身を支えますんで、火石先生は脚を持ってください。イチ、ニのサンで持ち上げましょ。その前に、山下先生、キッチンからゴミ袋を取ってください」

「ゴミ袋？　そ、そんなもの何に使うのだ」

「風見君の頭の下に敷くんですよ。血痕をソファに残すのはマズいでしょ」

憎たらしいほど落ち着いている。みな美先生を殺したあとも、杉林だけが動揺の色をそれほど見せなかった。

火石ではなくて、杉林が一番の天敵になるかもしれない。野球の試合でも四番バッターより、下位打線が手強《てごわ》いときがある。逆に、どうにかして杉林を〝抑える〟ことができれば、勝ちゲームに持っていけそうだ。

「イチ、ニのサン」

杉林と火石の掛け声が聞こえた。コーチンが運ばれている。まだ、誰も寝室には戻ってこないだろう。

今のうちに、体をほぐしておこう。僕は、首と肩を回し、続けて手首と足首を回した。屈伸をし、アキレス腱を伸ばすのも怠らない。

ここぞという場面で、全力で走ることはわかっている。そのときに、怪我だけはしたくなかった。来月に控えるドラフト会議には、満身創痍で挑みたい。

ん？　《満身創痍》の意味は逆だっけ？　体に怪我ひとつない状態は何て言うんだっけ？

隣の部屋に国語の教師がいるのが、何とも皮肉だ。無事に脱出できたら、言葉の勉強もちゃんとしよう。ヒーローインタビューのときに恥を掻きたくない。

上半身を捻《ねじ》るストレッチで、後ろを振り返ると、大量に積み上げられた靴箱が目に入る。しまった、裸足だった。裸足で逃げて足の裏を怪我するぐらいなら、みな美先生が残した遺品を使わせてもらおうか。ハイヒールだけじゃなくて、中にはスニーカーの一足ぐらいはあるだろう。サイズは合わないけれど、ギリギリ履けたりできないものだろうか。

僕は、靴箱を触ろうとしたが、今にも崩れ落ちそうだ。《ナイキ》や《アディダス》の箱がないか、うっすらとした暗がりの中で触らずに探してみる。

「一体、これからどうすんねん。時間だけが過ぎていくやんけ」火石の声が聞こえた。かなり苛ついている。

くそっ。スニーカーが見当たらない。外国の高級ブランドっぽい靴ばかりだ。

「仕方ないですね。武田先生を呼びましょ」

「しかし、まだロープが用意できていないぞ。首吊りに見せかけるんだろ」稲次郎が、杉林に反論する。

「不幸中の幸いってやつです。こうなったら、風見君の怪我を利用しましょ。いいですか、警察にはこう説明するんです。オレたちがこの部屋に来た本当の理由は、みな美先生に『武田先生のことで相談がある』と言われたから。そして、武田先生がストーカーするのを止めさせるために呼びつけた。武田先生のことで悩みすぎて、みな美先生は自殺まで考えていたのだ、と。ここまではいいですか」

おっ。新しい作戦会議が始まったぞ。僕はスニーカーを探すのをやめて、クローゼットの壁に寄り添い、聞き耳を立てた。

「おう。わかったから、続きは何やねん」火石が、さらに声を荒らげる。

杉林が説明を続ける。「オレたちは、このリビングで武田先生に『ストーカーをやめてください』と説得を試みたが暴れ出し、風見先生を突き飛ばした」

「なるほど、これで頭の怪我の説明はつくな」稲次郎が、ひと際高い声で言った。自分の罪を帳消しにできるのが嬉しいのだろう。

「暴れる武田先生を火石先生が止める。つまり、武田先生に暴力を振るってもオッケーになったんですよ」

「お？　ぶん殴ってええんか」今度は、火石が喜んでいる。

「はい。思う存分殴って気絶させてください。そして、オレたちは意識を失った武田先生を残して風見君を病院に運ぶ。その間に目を覚ました武田先生がみな美先生と無理心中をしたという筋書きです。ロープはありませんが、ドアの把手《とって》にタオルをかけて首を吊ったことにしましょ。そっちのほうが逆にリアルですよ」

拍手が聞こえた。おそらく稲次郎だ。

「ブラボーだよ、杉林先生。その説明なら、武田先生の遺体に暴行の跡が残っていても、警察は疑わない」

「警察や救急車を呼ばなかった理由は、学園に迷惑をかけたくなくて大ごとにしたくなかったってことにしましょ」杉林が付け加える。

「よっしゃ。そうとなれば、さっそく武田のオッサンを呼びつけようぜ。山下先生、はよメールしてくださいよ」火石が急《せ》かす。よほど、武田を痛めつけたくてウズウズしているのだろう。

ドスドスと重たそうな足音が寝室に向かってくる。開けっ放しのドアから、稲次郎が入ってきた。床に放り出していたセカンドバッグから自分の携帯電話を取り出し、またリビングへと戻っていく。

セカンドバッグ……。

あの中に、何か凶器になるものが入っていないだろうか。丸腰でパンツ一枚の僕は、奴らに見つかったとき抵抗する武器が必要だ。

もし、武田が来なかったとき、身代わりにされるのは僕かもしれない。

今、リビングでは、武田をおびき寄せるためのメールの文面を三人で考えているはずだ。寝室のドアは開いているが、十秒だけなら大丈夫だと思う。

僕は意を決し、クローゼットの扉を開けた。

11

息を止め、フローリングでペタペタと足音が鳴らないように気をつけながらつま先立ちの忍び足でセカンドバッグまで近づいた。

全身の毛穴が広がり、ピリピリとした空気が身に纏《まと》う。決して、スポーツでは得ることのできない感覚だ。これほどまでに緊張した経験はない。リビングの様子に耳を澄ましながら、僕は稲次郎のセカンドバッグを拾い上げた。

素早くファスナーを開けて中身を確認する。財布と手帳とペンケース、小型の制汗スプレーが入っていた。

よしっ。ボールペンは凶器として、スプレーは目潰しに使えるぞ。

それにしても、強烈なまでにダサいバッグだ。将来、中年になっても絶対にこんな鞄は持たないと心に誓おう。ただでさえ、プロ野球選手の私服のファッションセンスは、サッカー選手に比べて〝痛い〟ものが多い。僕がプロ野球界のファッションリーダーになってみせる。当然、プロのスタイリストを雇う予定だ。

僕は、ペンケースと制汗スプレーを握りしめて、クローゼットに戻ろうとした。

ふと、ベッドを見ると、剝き出しになっているみな美先生の脚が視界に飛び込んできた。何て綺麗なんだ……。無意識に手を伸ばし、すねの部分を撫《な》でてしまった。すぐに自分の行為にビックリして、手を引っ込める。

こんなときに、何をやってんだよ。さらに驚いたことに、アソコが痛いほど勃起しているではないか。死体なんだぞ。変態か？　でも、まだ温かさは残っていた。滑《なめ》らかな肌触りに、震えるほどゾクゾクしてしまった。

馬鹿野郎。早く戻れ！

我に返り、中腰になりながらクローゼットに再び隠れて、音が鳴らないようにゆっくりと扉を閉めた。大きく深呼吸をして、昂《たかぶ》る感情を抑える。体を流れる血が一斉に逆流したかのような気分だ。

とりあえずは、奴らに見つからずに武器をゲットできたのは良かったけれど、いかんせん、まだアソコがカチコチのままだ。

鎮まってくれ。我が息子よ。こんな状態のままじゃ、チャンスが来ても逃げられないじゃないか。辛《つら》かった野球部の練習を思い出せ。非科学的かつ精神論を重視した、時代遅れの練習を。

＊

「野球部の練習は、どの部活よりもしんどくないとあかん」

これが火石の口癖だった。まさに、昭和の発想だ。

うさぎ跳びに、五キロの鉄アレイを持たされてのダッシュ。火石を乗せたタイヤを引いてのランニング。はっきり言って、野球にまったく関係ない。

野球部員は、誰一人として野球を楽しんでいなかった。いかに火石に怒られないようにプレーをするかが重要で、ぶっちゃけ、勝利は二の次だった。決勝戦で勝ちきれなかったのも、そこが原因だろう。ただ、火石の厳しさがあったからこそ、甲子園に行けたとも言える。

本気でプロを目指している選手は僕だけだった。各球団のスカウトも僕だけを観にきていた。他の野球部員の嫉妬は、凄《すさ》まじかったと思う。僕の純朴なキャラがなければ、おそらく苛められていただろう。

とにかく僕は、どんな練習もひたむきに笑顔でこなした。《楽しんでいるフリ》である。人は、楽しんでいる人間を見ると自然に好きになり応援してしまう。皆、どうして、こんな簡単なことを実践しないのだろう。少しでも嫌なことがあると顔に出し、陰で文句や愚痴を並べる。僕以外の野球部員がそうだった。彼らは、それで自分の株を下げていることに気づいていない。たぶん、彼らは社会に出ても、上司や同僚の愚痴で貴重な時間を潰すのだろう。人生は、七十歳まで生きたとしても二万五千五百五十日しかない。時間にすれば六十一万三千二百時間だ。今は十八歳なので、すでにその三分の一近くを使ってしまっている。他人へのストレスを感じている暇なんかがあるのであれば、スクワットやシャドーピッチンクをしていたほうがマシだ。

野球部員たちは、火石へのストレスをバッティグ練習で発散していた。それも、グラウンドの隅で研究用の野草や昆虫を集めている武田を狙って打つのだ。至近距離に飛んできたボールにビックリして逃げていく武田を見ては大笑いする。もちろん、わざとファールを打つわけだから、著しくフォームを崩してしまう。甲子園で打線がまったく機能しなかったのもあの無駄な練習のせいだ。

＊

頭に血を上らせたら、何とか勃起が収まってきた。

気を取り直して、稲次郎のセカンドバッグから盗《と》ってきたペンケースを確認する。生意気にも《モンブラン》の革製だ。中には、これまた《モンブラン》の万年筆と、コンビニで売っていそうな三色ボールペンが入っていた。テストの採点で使っているやつだ。

どうせなら、ボールペンもいいもの買えよ。稲次郎の貧乏性なところが透けて見えて、ムカムカしてきた。消耗品こそ高級品にすべきだ。

稲次郎が万年筆を使っている姿なんて見たことがない。この万年筆は、ただの見栄で入れてるだけなんだろう。道具にこだわらない者は一流にはなれないと教えてやりたい。

制汗スプレーを振って、残量も確認した。スプレー缶の中身は半分以上ある。体臭を気にしているのは意外だった（稲次郎の横を通ると、いつも酢豚の匂いがする）。

稲次郎は、この二品がセカンドバッグから紛失していることに気がつくだろうか。コーチンを怪我させたショックで動揺しているから、そこまでは神経が行き届かないほうに賭けてみよう。

「よしっ。この文章なら武田先生も飛んで来るでしょ」杉林の声が聞こえた。

稲次郎ではなく、杉林がメールを打ったようだ。国語教師の分際で文章を考えられないとは何とも情けない男である。

「声に出して読んでくれや」火石が言った。

杉林が軽く咳払いをし、メール文を読み上げた。「夜分遅くにすいません。清冠学園の山下です。今、塩沢みな美先生が自殺するといって混乱しています。一命は取り留めましたが、学園の先生方が何人か集まっています。至急、みな美先生の自宅に来ていただけないでしょうか。ことがことなので、他の先生や警察には連絡しないようお願いします——。こんな感じですね。山下先生、これを武田先生に送ってください」

「ま、任せてくれ」

「よっしゃ、寝室の様子を見に行こう。山下先生は、風見先生をお願いします」

「……わかった」稲次郎が、テンションの低い声で答えた。怪我人と二人きりにさせられるのが不安なのか。

気合いを入れ直せ、こっちに来るぞ。僕は、垂れていた鼻水を音の出ないように啜《すす》った。

今のところクシャミの衝動は収まっている。

火石と杉林が、寝室に戻ってきた。僕はクローゼットの中で、石のように固まった。ドクドクとこめかみが脈打つ。

……さっきよりも緊張する。このクローゼットは、一度、開けられてしまった。次、どのタイミングで開けられるかは読めない。「二度は確認しないだろう」という根拠のない自信が早くも崩れてくる。

やっぱり、ベランダにすれば良かったか。でも、火石のことだ。突然、ベランダでタバコを吸うかもしれない。

この寝室には逃げ場がないのだ。直接対決のときが近づいているのか。

僕は、右手の万年筆をギュッと握りしめた。

火石が、ベッドを見て大きく息を吐く。「ずいぶんと派手に破いたな。ビリビリやんけ。これは、警察に説明すんのが大変やぞ」

「風見君の止血をするのが優先でしたからね。包帯がなかったんやから仕方ないでしょ」杉林が肩をすくめる。

「とにかく、ベッドがこのままやったらマズいよな。武田のオッサンが来たときに、みな美先生はどこにおることにすんねん？」

「トイレかバスルームに閉じ籠もっていることにしたらどうです？」

「そやな。トイレは俺らも使うやろから、バスルームにしよか。あとは、コーチンのボケナスをどないするかや。頭から血流してる奴がソファに寝転がっとったら、いくら武田のオッサンでもおかしいと思うやろ」

「たしかにそうですね……」

二人が重いため息を洩らして腕組みをする。どちらも、心底疲れている顔だ。予想もしない出来事が立て続けに起きて、身も心も削られる思いだろう。

「それにしてもビリビリやな……」火石がベッドを見て深いため息をつき、腰を下ろして胡座をかいた。「なあ、杉林よ。変な質問してええか」

「どうぞ……」杉林が少し戸惑っている。

「お前の人生の目標って何や？」

こんなときに人生相談してる場合かよ。僕は呆れてクローゼットの中で顔をしかめた。火石の腑抜《ふぬ》けた顔がムカつく。まさか、諦めの境地に入ったわけじゃないだろうな。

「息子を取り戻すことですよ」杉林が、生真面目な顔で言った。

「それはわかってるけど、人生の目標とは違うやろ。ほんなら、俺もこのピンチから逃れることが目標になってまう。そういうんじゃなくて、もっと、男として大きい野望や使命感みたいなことが聞きたいねん」

「火石先生にはあるんですか」

「あったと思うけど……忘れてもうたわ。いつから、俺はこんな男になってしまったんやろ。こんなはずやなかったのに」

「野球部を甲子園で優勝させるという目標があるじゃないですか」

「アホ。無理に決まってるやろ。うちが野球の名門だったのは過去の話や。今年はたまたま、虎之助がおったから決勝まで進めただけじゃ。来年からは大阪予選を突破するのも難しくなるわ。俺のやり方は時代遅れやしな。進化する近代高校野球にはついていけへん」

いきなり、僕の名前が出てきてギクリとした。たしかに、今の野球部のシステムでは全国制覇は永遠に無理だろう。火石自身が、「時代遅れ」と自覚していることにかなり驚いた。それがわかっていて、あの練習をさせていたのかよ。

じゃあ、なぜ、自分を変えないんだ？　それとも、今まで積み上げてきたものをゼロにする勇気がないのか。火石だけじゃなく、武田や稲次郎、コーチンや杉林も、自分さえ変えれば、もっとマシな人生を送れるはずなのに。どうして？　大人になればなるほど、それは無理なことなのか？

「子供の頃なら大きな人生の目標がありましたけどね」杉林がボソリと言った。

「おう。教えてくれや」

杉林がへの字口になる。火石には、言いたくなさそうだ。

「ええやんけ。この際やねんから言えや」

この際って何だよ。相変わらず、強引に会話を進める奴だ。

「世界征服です」杉林が無表情のまま呟いた。「正義の味方よりも悪の帝王に憧れてました」

「いいねえ。かっこええ人生の目標やんけ。人を殺してんから、その目標に一歩近づいたんちゃうか」

火石のブラックなジョークに、杉林が鼻で笑い返す。

「その目標も、小学校の低学年まででしたね。高学年で急に背が伸びて、中学生で始めたバレーボールで全国大会まで行って、高校、大学とバレーボール漬けで、すっかり、そんなことは忘れていましたよ。バレーボールでは飯が食っていけないのがわかってからは、守りの人生です。教員免許を取り教師になって、たいして興味のない世界史を教えて、いつの間にか結婚をして……。息子が生まれたとき、少しは自分の人生に意味があると思いましたけど、まあ、すぐに無気力な生活に戻ってしまいました」

「その気持ち、めっちゃわかるわ」火石が、同情した顔で頷く。「俺の人生も似たようなもんや。頂点は高校の野球部で甲子園に出場したときやな。あのときは、地元をまともに歩かれへんほどのヒーローやった。誰もが、俺がプロ野球で活躍することを疑ってなかったしな。でも、俺自身は通用せえへんのが薄々わかっとった。死ぬほどの努力をしても、一軍では活躍できひんことは肌で感じてたてん。バレーボールの世界も一緒やろうけど、才能がすべてや。あのときから俺の逃げの人生が始まった。なんやかんやプロになれない言い訳を並べて教師になって、野球部の監督になって、そこそこ頑張ってるフリはしてきたけど、いつも逃げ道は用意しとったな。三人の息子をプロ野球に送りこむことを人生の目標にしようと思ったら、あいつら、『サッカーやりたい』って言いよるし……」

「それは、ちょっと寂しいですね」杉林が珍しく笑った。

「まあ、それもありやろ。オカマのマッキーもよう言うてるわ。『人生の七十パーセントは寂しさでできている』ってな」

居酒屋のカウンターかよ！　そんな湿っぽい話を、死体の横で語りあうんじゃねえ。

凡人の気持ちは一ミリも理解できない。僕は自分の才能を疑ったこともないし、人生の目標も揺るがない。今夜、この悪夢から抜け出せさえすれば、必ず、目標は達成してみせる。

長尾虎之助の人生の目標は、「世界一のピッチャーになること」だ。どんな強打者が来ようとも、僕のボールをバットには掠《かす》らせやしない。

　パンツ一丁の姿ながらもメラメラと闘争心が湧いてきた。ここが寮なら、十キロほどランニングしてから、インナーマッスルの筋トレとシャドーピッチングを一時間やるところなのに。ああ、野球の練習がしたい。この溢れ出てくるモチベーションがもったいない。

「息子の名前は何て言うねん」火石が、杉林に訊いた。

「ノボルです。漢字は登山の登です」

「ごっつい、わかりやいな」

「シンプル・イズ・ベストだと思いまして」

　杉林登って……。もう少し、考えてやれよ。

「ウチもそんな名前にすりゃ良かったなぁ」火石が苦々しい顔で言った。「今さら後悔しても遅いけど失敗したわぁ。三人とも嫁に任してん」

「どんな名前なんですか」

　火石が顔を歪める。「まあ、いわゆる流行《はや》りの当て字を使ったお洒落な名前や」

「教えてくださいよ。オレも教えたやないですか」

「勘弁してくれや」

　僕も知らない。たぶん、野球部の誰も知らないと思う。火石は、たまに三人の息子たちの話をするが、「あのガキども」や「ウチの坊主たち」としか表現しないからだ。

「それは、ずるいでしょ」

杉林が問い詰めようとしたとき、稲次郎が青い顔で寝室に入ってきた。手には、自分の携帯を持っている。

「た、武田先生からメールが来たぞ。あと、一時間ほどで、このマンションに到着するらしい。マンションの下に着いたら私の携帯に電話すると打ってきた。……今度は本当だろうな」

火石と杉林が真剣な表情で顔を見合わせる。

やれやれだ。やっと、居酒屋トークが終了してくれた。

「どうする？」火石が立ち上がり、二人の顔を交互に見た。

「無理心中の準備をしましょ」杉林が、勢いをつけるように両手を鳴らした。

12

いよいよ、生贄の武田がやって来る。

僕と四人の教師の人生を守るために、この部屋で殺されてしまうというわけだ。あまりにも悲惨だけれども、僕が助けてあげることはできない。僕の輝かしい未来と武田の人生を天秤《てんびん》にかければ、全世界の野球ファンは納得してくれると思う。

そうですよね？　アインシュタイン師匠。これは逆らえない運命なんですよね？　天国に行く武田先生のためにも、素晴しいピッチャーになることを約束します。

舌を出している彼の顔が、慈悲深い表情に見えた。運命とは常に残酷なものであることを代弁してくれているようだ。

「おい、風見君はどうするよ。何とかしないと非常にマズいことになるだろ」稲次郎が舌打ちをし、不快そうな顔で指をひたすら動かしている。「すぐに戻って来るから、コンビニでウェットティッシュを買ってきてもいいかな。どうしても気持ち悪くて我慢ができないのだよ」

「ダメに決まってるでしょ。時間がないんです。山下先生も協力してください」杉林が、ピシャリと言った。

「わかってる。訊いただけだ。じゃあ、風見君をどうするか考えてくれ」

「彼はソファに寝かせたままにしておきましょ」

火石が眉間に皺《しわ》を寄せる。「武田がやってきてもかいな。なんて言って誤魔化すねん。あいつは頭が血だらけやねんぞ。ツルツルのリビングで滑って転んで頭打った……じゃ利かへんぞ」

杉林がひとさし指を立てて、喋り続けようとする火石を制する。

「武田先生への説明は、『バルコニーから飛び降りかけたみな美先生を風見君が止めようとしたら、突き飛ばされて、グランドピアノで頭を打った』ってことにすればいいんですよ。細身の風見君ならありえるでしょ」

「なるほどな。それやったら違和感はないか……いや、あるやろ」火石が自分で言って、自分で訂正する。「俺が武田のオッサンやったら、すぐに救急車を呼ぼうとするで」

「そうだよ……それが人情ってもんだろ……」稲次郎が、泣きそうな声になる。

「山下先生、今、人情は関係ないでしょ。どこから人情が出てくるんですか」杉林が呆れた顔で言った。

僕もそう思う。この三人の中では、稲次郎のメンタルが抜群に弱い。賭けてもいいが、さっきコンビニに買い物に行かせたら百パーセント逃げていたはずだ。

「とりあえずは、武田先生が血まみれの風見君を見て驚いてくれたらいいんですよ。その隙によろしくお願いします」杉林が、火石に頭を下げる。身長差がかなりあるので、まったくお願いしているようには見えない。

「殴ればええんやろ」火石が忙《せわ》しなく首を回す。プレッシャーがかかっているときに決まってする仕草だ。試合中でも、「首を回し始めたら要注意だ」と野球部員たちの目印になっている。

「殴るだけじゃダメです。ちゃんと気絶させてくれなきゃ困ります。でも、殴り殺しちゃいけませんよ」

「わかってるけど、難しいのう。加減できへんかもしれんな」

「じゃあ、殴らずに気絶させることはできませんか。柔道の技を使うとか。体育の授業でやってるでしょ」

「柔道か……。投げ技は好きやけど、寝技はあまり得意ちゃうねんな。武田のオッサンと寝転がるのも嫌やし」

「殴って気絶させるほうが難易度は高いでしょ」

「そんなことないで。ここを殴ったらええねん」火石が太い腕を伸ばし、杉林の顎に拳を軽く当てた。「顎の先は、掠っただけでも相手はぶっ倒れる。脳味噌が揺れてまうねん。パンチ力も全然関係ない。当たりどころとタイミングさえ合えば、女子供でも大男を失神させられるで」

「へーえ。凄いですね。ここですか」杉林が感心して細長い腕を伸ばし、同じように拳を火石の顎に軽く当てる。

「ちゃうちゃう。もうちょい下や」

「なるほど。勉強になります」

「火石先生、試したことはあるのか」稲次郎が疑いの目で火石を見た。

「……ボクシングの本で読んだだけやけど理論的には正しいはずです」

「それでは、野球の本を読んだだけで、女子供がスピードボールを打てるようになるのかい？」

「いや、無理です」稲次郎の的を突いた質問に、火石が神妙な顔つきになる。

「本を読んだ素人が変化球を投げられるようになるのかい？　ストンと落ちるフォークボールやキレのあるスライダーを習得できるのかい？」

「絶対に無理ですね」たて続けに稲次郎が質問してくるので、火石が気まずそうに首を横に振り、指で目の下を掻く。

「本を読んだだけで、東京ドームや甲子園球場の外野スタンドに放りこめるような豪快なバッティングフォームが身につくのかい？」

……しつこい。必殺のネバネバ納豆説教だ。火石がやり込められるのは痛快だけれど、今は時間がもったいない。

「本を読んだだけで、6、4、3のゲッツーが取れるのかい？　4、6、3のゲッツーが取れるのかい？」

「山下先生、そのぐらいでいいじゃないですか。火石先生も一生懸命アイデアを出してくれているのですから」

やっと、杉林が納豆説教を止めてくれた。それにしても、稲次郎が意外と野球に詳しいのには驚いた。

「そのアイデアが破滅を招くかもしれんだろ。ここは確実に武田先生を気絶させて、確実に無理心中に見せかけなければならないのだ。本で読んだ知識を試す場所ではない」

たしかに、稲次郎には一理ある。練習の積み重ねが、試合で結果を出す。投げたこともない変化球を試合で使う馬鹿がどこにいるだろうか。

「それでは確実性を重視しましょ。火石先生は、どうすれば武田先生を気絶させられます？」杉林が訊いた。

火石がムスッとした顔で答える。「人を気絶させたことなんてないわ。ぶっつけ本番になってまうな」

「だそうです。山下先生はどう思います？」

「ならば、武田先生を気絶させるというアイデア自体をボツにせざるを得ないな。リスクが高すぎるだろ」

「しかしですね。時間があまりありませんよ」杉林が、少しやきもきした様子で言った。「ある程度のリスクは承知で挑まないと、何も準備ができてないのに武田先生が来ちゃうでしょ」

デジタル時計は、午前二時二十分を指している。

そのとき、稲次郎のスラックスから、『水戸黄門』のメロディが鳴った。

三人がビクリと反応する。

「武田のオッサンちゃうか。まさか、もうマンションに着いたんとちゃうやろな」

「いくらなんでも早すぎるでしょ」

「あのオッサンだけは行動が読まれへんやんけ。みな美先生のことになったらおかしくなっても納得できるやろ」

「静かにしてくれ」稲次郎が鋭い声で言った。「電話に出るぞ」

稲次郎がスラックスから携帯を取り出した。画面を見て、地蔵になったみたいに全身を硬直させる。

「どうしたんですか。早く出てくださいよ」杉林が、眉をひそめる。

「マズい……」稲次郎が、ゲロを吐く寸前のような顔になる。「妻からだ」

火石と杉林が顔を見合わせた。稲次郎はピクリとも動かない。『水戸黄門』のメロディだけが寝室に鳴り響いている。

「奥さん、しつこいな。全然、切る気配がないですやん」火石がたまらず言った。

「ああ……彼女のしつこさは私など足元にも及ばんよ」

稲次郎が負けるぐらいなら、ワールドクラスのしつこさだろう。たとえるなら、稲次郎が東北楽天ゴールデンイーグルスの松井稼頭央選手で、奥さんがニューヨーク・ヤンキースのジーター選手と言ったところか。

「出たほうがいいんじゃないですかね」杉林が言った。

「馬鹿言うな。こ、こんな状況で何を話せると言うんだ」稲次郎が、目を白黒させる。

「だって、半端じゃないしつこさなんでしょ。武田先生が来たときにかけてこられたら困るじゃないですか」

「ホンマやな。いざ、殺そうというときに集中できへんやんけ」

「で、電源を切っておけばいい話だろ」

稲次郎は、よほど奥さんと話すのが嫌なのか、額からナイアガラの滝のような脂汗をダラダラと垂らしている。

「ダメでしょ。武田先生がマンションの下に着いたらかけてくるんだから、電源は切るわけにはいかないでしょ。こうしている間にも、武田先生からかかってくるかもしれませんよ」

のんびりとした曲調のはずの『水戸黄門』の主題歌が、三人の緊張感を高めていく。

「そもそも、何で電話をかけてくるねん」火石が、苛ついて首を捻る。「今日は俺らと飲みに行くって言わんかったんですか」

「言ったよ。だが、あまりにも時間が遅いから心配しているのかもしれん。それに……」稲次郎が言いづらそうに薄い頭を掻く。

「何ですか？」杉林も露骨に面倒臭そうな顔をした。

「つ、つ、妻は、私を疑っている」

「はあ？」火石と杉林が同時に言った。

「私が浮気をしているのではないかと疑念を抱いているのだ。言っておくが、私はバレるようなことは何もしていない。アリバイや物的証拠も何も残してはいないし、家族サービスも怠らずに努力している。それでも、妻は麻薬捜査犬の如く嗅ぎつけてくるのだ。最近、顔もシェパードに似てきたような気がする」

「知るか！」火石が、稲次郎の手から携帯を奪い取り、勝手に通話ボタンを押した。「はい、もしもし？　山下先生の携帯ですけど」

稲次郎が、水槽から摘み出された金魚みたいな顔で、口をパクパクとさせる。

「これはこれは、奥さんでしたか。すいません。夜分遅くまで旦那様を連れ回しまして」火石が急に猫撫で声になる。それに合わせて、顔までがニヤけているから不気味でしょうがない。「実はですね。山下先生がお酒を飲みすぎまして、グロッキーなわけなんですよ。はい、焼酎です。ガブ飲みしました。今、介抱しているところでして。実はですね。私、火石と言いまして、野球部の監督をやらせてもらっています。そうなんです。甲子園準優勝のお祝いの席でして、皆、大人げなく、はしゃぎすぎたと言いますか……」

いきなり、寝室のドアが開いた。全員、ギクリと振り返る。

「……何があったんですか。誰と電話をしているんですか」

頭にターバンのようにシーツを巻いたコーチンがフラフラとした足取りで戻ってきた。シーツも顔も血で真っ赤に染まっている。愛用のメガネにもヒビが入っていた。

「ちょうど、酔い潰れていた奴が意識を取り戻しました」火石が、すかさずフォローを入れる。「いいえ、山下先生ではありません。風見という若手の数学教師です。彼は飲み慣れないハイボールでダウンしたわけでして……。はい？　浮気ですか？」

火石の顔色が変わった。稲次郎が観念したかのように目を閉じる。

「浮気も何も……男だけの飲み会でして……ここの場所ですか？　いや……居酒屋ではないですけど……何て説明したらええんやろ。いえ、そんな女の子が席の横につくような店は行っておりません。『フルスイング』というオカマバーでして、つまり、店内にいるのは全員男であります。えっ？　オカマに代われ？」

火石が目で杉林に助けを求める。今度は、杉林が火石の手から携帯を奪った。

「お電話代わりました。世界史を教えている杉林と申します。僕は今日、運転手なのでアルコールは入っておりません。何なりとご質問ください」

稲次郎は、時限爆弾の解除に立ち会う爆発物処理班みたいに、電話している杉林を異常な緊張感で見守っている。

そんなに奥さんが恐ろしいなら、とっとと離婚すればいいのに。

僕は、二十五歳で女子アナと結婚する予定だけれど、いつか稲次郎みたいにビビりまくる日が訪れるのだろうか。男なら誰でも奥さんに恐怖を感じることになるというのならば、いっそのこと独身を貫いてもいい。

今夜は、色々なことが勉強になる。

「ここの場所はですね、僕の部屋です。オカマバーから一番近かったので、二軒目はこちらに移動したわけなんです。いわゆる〝家飲み〟ってやつですよ。そのほうが何かと安上がりですしね。皆さん、店ではシャンとしていたのですが、家に来てほっこりした途端、酔いが回ってしまったようで。いえいえ、その点もご心配なく。僕の妻と息子は、実家に帰省中なんです」

さすが、杉林だ。物腰も柔らかく、嘘にも無理がない。

「証拠が欲しい？　そ、そうですよね。それじゃあ、この部屋の写メールを送りますのでお待ちください。もちろん、全員が揃って写ったものをキチンとお送りします。はい。ただいま。すぐに。五分以内ですね。かしこまりました。では、一旦、電話を切りますね」

杉林が電話を切り、重いため息ついた。

「どんだけ、しつこいねん」火石がげっそりした顔で言った。

「すまない」稲次郎が深々と頭を下げる。「君たちが代わりに出てくれたから助かったものの、もし、私だったら明け方まで電話を切らせてくれなかっただろうよ。私の苦悩をわかってくれたかい？」

火石と杉林が同時に頷いた。コーチンだけが、ついていけずにポカンと立ち尽くしている。

「おい、風見。無理すんな。まだ横になってろや」火石がコーチンをリビングに連れて行こうとした。

「平気です。いつまでも寝ていられる状況じゃないですから」コーチンがフラつきながらも断る。

「ナイス根性や。見直したぞ。もうひと踏ん張り頑張ろうや」火石が部活中みたいに励ます。

「武田のオッサンが来ることはわかってんねん。四人で力を合わせれば、必ずこのピンチもクリアできるはずや」

「そうですね。頑張ります」コーチンが引きつった笑顔で答えた。

稲次郎も気まずそうに笑う。火石は、三人にハメられようとしていたことに、まったく気づいていない。杉林は、隙を見て火石を気絶させようとするのだろうか。それとも、もうその作戦はナシになったのか。それによって、僕の脱出プランも変わってくる。

「さあ、早く写真を撮って山下先生の奥さんに送りましょ」

「あの……僕も写ったほうがいいですかね」血だらけのコーチンが言った。

「アホか。お前はやめたほうがええやろ。試合後の悪役プロレスラーみたいな顔になってんのに」

「いや、ダメだ。全員で写ってくれなきゃ困る」稲次郎が即座に否定した。「そうしないと、妻が納得してくれない。さらに長時間、追及されるハメになるぞ」

「だからと言うて、こんな流血野郎が写っとったら、それこそ色々と問い詰められるやろう。下手したら、即行、警察呼ばれるで」

「ど、どうしましょう……すいません、足引っ張っちゃって」コーチンが、申し訳なさそうな顔で言った。

「山下先生、カメラの準備をしといてくれますか」

杉林が、携帯を稲次郎に渡し、寝室を飛び出した。

「どこ行くねん！」

「火石先生も手伝ってください」リビングから杉林が言った。

「お、おう」火石が慌てて寝室を出て行く。

杉林は何をするつもりだ？　早くしないと武田がやって来ちゃうじゃないか。

「頭痛はするかい？」二人残された寝室で、稲次郎がコーチンに訊いた。

コーチンは、あからさまに顔を背けて無視をした。稲次郎に突き飛ばされたことをよほど怒っているようだ。

杉林と火石が戻ってきた。二人の手にはワインとフライパンがある。

「これを持って」杉林が、コーチンにワインのボトルを渡した。

「これもや」火石が、フライパンを無理やり持たせる。

「何ですか、これは？」コーチンは、右手にワイン、左手にフライパンを持って両手を広げた。

「それで、顔を隠すんだよ。ぐでんぐでんに酔っぱらったフリをしてな。山下先生の顔さえ、はっきりと写っていれば奥さんも文句を言わないでしょ」

「まあ……人数が揃っていれば、大丈夫だと思う」

杉林が、稲次郎から携帯を受け取り、細長い手を伸ばしてレンズを自分に向けて構えた。

「皆さん、オレに近づいてくださいよ」

四人が体を寄せあい、携帯を見る。コーチンだけは、言われたとおりにフライパンで顔を隠し、酔っぱらいみたいにワインの瓶を掲げた。

「笑って。はい。チーズ」

こんなにシュールな光景があるだろうか。

笑っている四人の男たちの隣には、彼らが殺した女の死体がある。

13

「くそっ。ミスった。もろにベッドが入っているやん」

写真を確認した杉林が悔しそうに言った。

火石が、杉林の横から携帯を覗き込む。「ホンマやな。アインシュタインも写り込んでるやんけ。うわっ。みな美先生の脚もチラッと見えとる。こんなの送ったら山下先生の身に危険が及ぶよな」

「間違いなく妻に殺されるよ」稲次郎が、げんなりとした顔になる。

「撮り直しますよ。今度は、クローゼットをバックにしましょ」

四人が、こっちに近づいてきて一斉に背中を向けた。

かなり距離が近く、扉を開けて手を伸ばせば届きそうなところで写真を撮っている。

奴らに聞こえるのではと思うほど、心臓の音がバクついてしまう。振り返り、ちょっと扉の隙間を覗かれたら一巻の終わりだ。

僕は、思わず息を止めて目を閉じた。

「笑って。はい。チーズ」

カシャリとシャッター音がする。

「よしっ。バッチリだ」杉林が満足げに言った。今度はうまく撮れたみたいだ。

うっすらと目を開けると、四人はクローゼットの前から離れていて、ベッドを取り囲んでいた。

「まずは、みな美先生を隠そうや。風見は無理せんでもええから、三人で運ぼう」火石が、みな美先生の脚を見ながら言った。

「どこに隠すつもりなんだ」稲次郎が訊いた。わずかに声が震えている。

「さっき言ったやろ。バスルームや。みな美先生が自殺すると言って、閉じ籠もっている設定でいくで」

「その前に、山下先生の奥さんに写真送りましょ」杉林が稲次郎に携帯を返した。「この写真でお願いします。急いでください。奥さんが待ってますよ」

稲次郎が、目にも止まらぬ速さで指を動かし、送信した。

「僕も隠れていたほうがいいですよね」コーチンが自分の頭を指す。

「いや、ソファで寝といてくれ。リビング側のバルコニーから飛び降りかけたみな美先生を止めようとしたら、突き飛ばされて頭を打ったって設定でいくねん」

「わかりました。任せてください」コーチンが笑みを零した。役に立てるのが嬉しそうだ。

「で、僕は意識がない演技をしていたらいいんですか」

杉林が、稲次郎をチラリと見る。「そうやね。その隙を見て火石先生が武田先生を気絶させる予定なんだけど……それはあとで決めましょ」

「武田先生をどこで殺すかだけは先に決めておこう」

「この寝室で殺します」杉林が宣言するように言って寝室のドアを指す。「ベッドで死んでいるみな美先生を見ながら、あの把手で首を吊ったという設定にしましょ。順番で言えば、武田先生に死んでもらってから、みな美先生の死体をベッドに戻します」

「わかった。それでいこう」

稲次郎が頷き、それに合わせて、火石とコーチンも頷いた。三人の覚悟がひしひしと伝わってくる。

いよいよか……。できるなら、リビングかどこかで殺して欲しかった。目の前で再び、しかも計画的に人が殺されるのを見て、トラウマになったりしないだろうか。その影響で、自分のピッチングができなくなって勝ち星を挙げられなくなったらシャレにならない。

「よっしゃ。運ぶで」

シーツに包まれたみな美先生が、三人の男に抱え上げられた。美術品を運ぶみたいに、ゆっくりと歩き出す。

コーチンが頭をフラつかせながら寝室のドアを開けると、みな美先生の死体が三人に抱えられて部屋から出て行く。まずシーツに隠れた上半身が見えなくなり、続いて、白く美しい脚が消えた。

急に、胸の奥が掻きむしられたみたいに切なくなる。四人の男たちに対し、猛烈な怒りが芽生えてきた。

今頃なんなんだよ、この感情は。僕は拳を握りしめて、自制心を保とうとした。あいつらが許せないのは最初からわかっていることだ。そして、金のために四人の男たちの心を弄《もてあそ》んだ、みな美先生の自業自得でもある。そうだ。僕は何も悪くない。ただの〝目撃者〟だ。交通事故の現場にたまたま居合わせたのと一緒で、どうすることもできなかった。なのに、抑えられない〝何か〟が噴き出す寸前だった。

「卑怯者」

天からの声かと思い、心臓が跳ね上がった。

クローゼットから寝室を覗く。じっとアインシュタインがこっちを見ている。まさか、今の声は彼が言ったのか。

「卑怯者め……」

今度はハッキリとコーチンの口から聞こえた。体を小刻みに震わせて、アインシュタインの写真に語りかけている。

「……僕は卑怯者ですよね。人を殺したのに逃げ出そうとしている。妻を裏切った天罰が下ったんですよね。違う……。妻を裏切ったんじゃない。裏切ったのは自分自身だ。約束された将来のために愛してもいない女と結婚したのが悪かったんだ」

コーチンがピチピチのスリムジーンズのポケットから、自分の携帯を出した。

おい、何をするつもりだよ。まさか、警察に自首するつもりなのか。やめろ、すべてが台無しになるぞ。

火石！　杉林！　稲次郎！　早く戻って来いってば！

コーチンが、神妙な顔つきで通話ボタンを押した。

くそっ。クローゼットから飛び出して殴り倒すか。だが、微妙に横を向いているから、扉が開いた瞬間に気づかれるかもしれない。

「もしもし、光一です」

……いきなり、名前を言ったぞ。誰に電話をしているんだ？

「こんな時間だから寝ているのはわかっていたけど、どうしても声が聞きたくて電話をしました」

自分の嫁に電話をかけているのか。警察じゃなくて安心したけれど、まだ油断はできない。今のコーチンの精神状態なら何を言い出すかわかったもんじゃない。

「愛してます。ただ、それだけです。すべてが終わったら帰ります。おやすみ」

どうやら、留守電みたいだ。コーチンが電話を切ろうとしたとき、火石が寝室のドアを開けた。

「コラッ！　どこにかけとんじゃ、お前！」火石は鬼の形相でコーチンに摑みかかり、携帯を無理やりもぎ取った。

「自宅ですよ！　僕の携帯、返してくださいよ！」

コーチンが携帯を取り返そうとするが、火石は許さない。片手でコーチンを撥《は》ね除《の》ける。

「どうした？　何があった？　二人ともやめろ」稲次郎が、弛《たる》んだ顎と腹の肉を揺らしながら戻ってきた。火石とコーチンの間に割って入る。

「こいつが勝手に電話をかけとってん」

杉林がいない。奴はどこだ？　何をしている？

「だから、自分の家だって言ってるじゃないですか。妻におやすみの挨拶をしてたんですよ」

「はあ？　何や、それ？」火石が、挑発するみたいに顔を突き出した。

「山下先生だって、奥さんから電話がかかってきたじゃないですか。だから別にいいかと思ったんです」

「あれは不可抗力だろ」稲次郎がうんざりとした顔で答える。「それに、私と妻は、直接には喋っていない」

「念のために確認させろや」火石が、コーチンに携帯を返した。

「わかりましたよ……」コーチンが渋々と携帯を開き、発信履歴を見せる。「ほらっ、《自宅》って登録されてるでしょう」

「何で嫁さんの携帯にかけへんねん。話がしたかったんやろ？」

「寝ていると思ったから、起こしたくなかったんです。家の電話はリビングに置いてあるから、もし、起きていたら出てくれるだろうし。みな美先生が運ばれているのを見て、つい感傷的になっちゃって……」

火石が、小馬鹿にするみたいに笑った。「嫁さんに慰めて欲しかったんかい。そんなもん、家帰ってからやれや」

「まあ、風見君の気持ちもわからんでもないがな。優しい奥さんと結婚できて羨ましい限りだよ」稲次郎が弱々しくため息をついた。

「優しくはありません。金のための結婚ですから。彼女もそれをわかっていて、家では僕を奴隷のように扱います。家事はほとんど僕の仕事なんで。それに、ブスですし」

「おいおい、自分で言うなや」火石が愉快そうに笑った。

人の不幸は蜜の味か。こんな最悪の状況に追い込まれても、他人の不幸を喜ぶ神経が理解できない。

それが人間の習性というものなのか。野球部員たちも、人のエラーや三振を喜んでいた。チームメイトなのに。「惜しい！」や「ドンマイ！」と言いながらも、目尻が下がり口元をニヤつかせる。他人の不幸と自分を比べて、少しでも安心したいからだ。僕は、連中のそんな部分が大嫌いだった。クラスメイトもそうだ。テストの点数や容姿や笑いのセンスで自分よりも劣る人間を、必死で探している。

レベルが低くて反吐《へど》が出るぜ。こんなところにパンツ一枚で閉じ込められている童貞の僕に言われたくないだろうけれど。

コンプレックスは童貞だけ。それさえクリアできれば、僕はさらに完璧に近づける。

今夜、長尾虎之助はバージョンアップする予定だったのに……。

まさか、僕にも天罰が下ったのか？　まったく身に覚えがない。

コーチンがブツブツと愚痴をこぼし始めた。

「料理も洗濯も掃除もゴミの日にゴミを出すのも、僕がやってるんです。妻はリビングのソファから一歩たりとも動こうとはしません。ハッピーターンを食べながらコーラを飲んで、海外ドラマにどっぷりとハマっています。シーズン15まで続いた『ER』をシーズン1の第1話から観るんですよ。ちなみに、それをレンタルしてきて返却するのも僕の係なんですけどね。おかげで、彼女は『スター・ウォーズ』に出てくる《ジャバ・ザ・ハット》級のデブになってしまいました。オナラも平然とします。機嫌が悪いときは僕にハッピーターンを投げつけてストレスを解消します」

コーチンの話に、火石と稲次郎が身震いをする。

「す、凄まじい話だな」

「俺が風見やったら、とうの昔に失踪してるわ。オカマのマッキーも『男を殺すのは簡単。女の本性を見せればいいのよ』って、いつも言ってるもんなあ」

また、マッキーかよ。そこまで好きなら『オカマのマッキー名言集』でも作ったらどうだ。

コーチンが悟りを開いたかのような表情で首を振った。「でも、僕はこれから妻を真剣に、心の底から愛そうと誓ったんです。みな美先生という悪魔に出会ったおかげで目が醒めました」

呆気に取られた火石と稲次郎が、顔を見合わせる。

「……誓ったって、いつ？」

「今、さっきです。アインシュタイン博士に誓いました」

「そうか、頑張れや」火石が、優しくコーチンの肩を叩いた。

「応援しているぞ」稲次郎も保護者みたいな顔で頷く。

泣きたくなるぐらい平凡な野郎共だ。こんなしょっぱい奴らに殺されるなんて、さすがに武田が不憫《ふびん》に思えてきた。

どこまで悲惨な人生を歩んでいるんだよ。

＊

武田が最も悲惨な目に遭ったのは、僕が一年生のときの修学旅行先だ（清冠学園は一年生の秋に修学旅行がある。僕が参加したイベントらしいイベントはこれくらいだ）。

もう少しで死ぬところだった。武田はオーストラリアのコバルトブルーの海で溺れたのだ。

私立清冠学園の修学旅行は、毎年、海外と決まっている。中国やシンガポールなどアジア圏が続いていたけれど、僕たちの代で初のオーストラリアに行くことになった。

はっきり言って、僕は面倒臭かったけれど、他の生徒たちと同じくはしゃいでみせた。団体旅行ほどストレスを感じるものはない。自由な時間はほとんどなく、移動だけで時間と体力が削られてしまう。こんなことなら、仮病を使ってでも日本に残り、個人トレーニングをすれば良かったと痛烈に後悔していた。

旅行の内容も最高につまらない。《ローンパインコアラ保護区》でコアラを抱っこさせられたときは、さすがにブチギレそうになった。女子たちはキャアキャアいいながら、僕とコアラのツーショットを撮っていたけれど、動物嫌いの僕にとっては苦痛以外の何物でもなかった。

なぜ、わざわざ抱っこしなくちゃいけない？　とてつもない人数に抱っこされるコアラのストレスを考えてないのか？　全然、保護してないじゃないか。

エアーズロックもかなり遠くからチラリと見学しただけで終わった。ああいうのは実際に近づいて登らないと意味がないと思う（僕は足の怪我が怖いので絶対に登らないが）。女子たちはキャアキャアいいながら、僕とエアーズロックのツーショットを撮っていたけれど。

はしゃいでいたのは、生徒たちだけじゃなかった。教師たちも最初から浮かれっぱなしだった。

最終日は、シドニーで昼御飯（中華だった。どうして、オーストラリアまで来て中華なのか）を食べたあと、ビーチで自由時間を貰えた。水着は持ってきていないので遊泳禁止、買い食い禁止、決められた範囲の砂浜から離れるのも禁止と、がんじがらめの自由だ。

生徒たちは海を眺めるしかなく、僕はスクワットで時間を潰していた。

そのとき、火石がカンガルーの着ぐるみで登場した。そいつはビーチでホットドッグを売っていた屋台のキャラクターで、ハリウッドアニメ風の笑顔をしていて、お腹の袋からはホットドッグが飛び出している。火石が生徒たちを笑わそうとして屋台から借りてきたのだ。

失笑だった。あまりにも唐突すぎるし、頭までスッポリと覆うタイプの着ぐるみだから、中に誰が入っているかわからない。火石のおどけた仕草（と言っても、セーフティーバントや牽制球の真似で、野球を知らない女子にはチンプンカンプンだ）も、オセアニアの太陽の下で空回りしていた。

「次は、武田先生に着てもらいましょうよ」

近くにいたコーチンが言った。ウケてない火石に助け船を出したつもりだったのだろう。

コーチンの提案に、周りの生徒たちは盛り上がった。火石による武田イジメは恒例の爆笑行事だからだ。武田は、そんなことになっているとは露知らず、少し離れた波打ち際でのん気に貝殻を拾っていた。

「誰か手伝ってや！」火石が、着ぐるみを持って砂浜を走りだした。たまたま、生徒たちの輪の中にいた稲次郎と杉林がコーチンに引っ張りだされた。囃《はや》し立てられる形で三人は火石のあとを追った。

完全にノリだった。修学旅行の思い出づくりとして、生徒たちを笑わせたいという教師たちの愛とも言える。

生贄となった武田は、あっという間に四人の男たちに取り押さえられて、カンガルーのキャラクターに変身させられた。パニックになった武田が走り出し、砂浜は大爆笑に包まれた。火石をはじめ、教師たちは満足げな顔だった。武田が転び、波にさらわれて、さらに生徒たちは大喜びした。手を叩き、涙を流している者さえいた。

今、思えば、カンガルーのハリウッドアニメ風の笑顔が原因だった。どれだけ、武田がもがいても、ユーモラスに見えてしまう。

武田が沖まで流されて、ようやく全員が事の重大さに気づいた。ライフセイバーがジェットスキーに乗って救出する騒ぎになった。

武田はシドニーの病院に運ばれ、一週間遅れで帰国した。

もちろん、火石たちは謝罪したけれど、教師の間の悪ふざけで、大した問題にも発展しなかった。かえって、火石たち四人が「修学旅行で最高の思い出を作ってくれた」と、生徒たちから感謝されていたぐらいだ。

*

今夜、武田はさらに悲惨な目に遭う。

偶然にも、あのときと同じ四人に殺されてしまうのだ。

14

「こんなものがありましたよ」

杉林が寝室に戻ってきた。手には銀色の工具箱と《髙島屋》の紙袋を持っている。

「結構、本格的な工具箱やな。女にしては珍しいやんけ。どこにあってん？」火石が訊いた。

「玄関横の物置です。他にはトイレットペーパーや掃除用具しかありませんでした」

「何で工具箱があるんでしょう。みな美先生が日曜大工をするイメージはありませんもんね」コーチンも不思議そうに首を捻る。

「そっちは？」稲次郎が、《髙島屋》の紙袋を指した。

杉林が、何も言わずに紙袋を三人の前に置いた。

「何やねん、これ」火石が中を覗き込み、紙袋に手を突っ込む。

ヤバい……。僕は、火石が紙袋から出したものを見て愕然とした。

「スニーカーや。しかも、男物やんけ」

「サイズはいくつだ？」

「二十八センチです」杉林が答える。「みな美先生には大きすぎるでしょ。玄関にあった女物の靴はすべて二十三センチでした」

稲次郎が舌打ちをしながら顔をしかめた。「どうして、みな美先生がこんな物を大切に物置に保管していたのだ」

「ミステリーですね」コーチンもつられて顔をしかめる。

心臓が破裂しそうだ。なぜなら、あの《ナイキ》のスニーカーはピンク色でかなり目立つ物だからだ。誕生日に、ファンの女子からプレゼントされたお気に入りで、学園でも履いている。

「これ、見たことあんぞ」火石が、匂いを嗅ぐかのように、スニーカーにゴリラ顔を近づける。「虎之助の靴や」

あっさりとバレた。

気が遠くなり、立ちくらみがする。見つかるのも時間の問題だ。呼吸が浅くなり、うまく空気を吸い込めない。

いよいよ、奴らと直接対決のときがきた。武田がいない今、僕が〝生贄〟にされてしまう。ドアの把手で首を吊られるなんて、まっぴらゴメンだ。

『キラキラ王子、美人女教師と無理心中』

なんてセンセーショナルな事件だろう。新潟の両親はうしろ指をさされすぎて、引っ越しを余儀なくされる。

絶対に、殺されてたまるか。こっちには携帯電話もある。いつでも警察に連絡してやるぞ。

全身がガタガタと震えてきた。いくらメンタルトレーニングを積んできたとしても、死ぬ恐怖には打ち勝てない。

「誰か説明してはくれないか」稲次郎が、厳かな口調で言った。「どうして、みな美先生が我が学園のヒーローである長尾虎之助のスニーカーを持っている？」

重苦しい沈黙のあと、コーチンが口を開いた。

「結局、みな美先生もミーハーだったってことですね」

稲次郎が咳払いをする。「それは、一体、どういう意味だ」

「ほらっ、虎之助君は私物をよくファンの子たちに盗まれているじゃないですか。全校集会でも『盗まないように』って生徒会長が注意してたじゃないですか」

「つまり、みな美先生も虎之助君のファンの一人で、スニーカーをこっそり盗んだと言いたいわけか」

コーチンが肩をすくめる。「ちょっぴりショックですけどね。僕たちから恐喝していた悪魔のような女が、虎之助君にはキュンキュンしていたなんて」

「オレたちは、ただの金づるだったってことでしょ」杉林が興味なさそうに言った。

「アホらし」火石が餌を貰えなかったゴリラみたいな顔で鼻息を漏らし、スニーカーを紙袋に放り込んだ。

何だかおかしな方向になってきたぞ。奴らは勝手に勘違いしてくれている。たしかに、スニーカーだけしか見つからなかったらそう思うのかもしれない。ベッドの下に脱ぎ捨ててある服が発見されたら即ゲームセットだけれど。

まだ運に見放されてはいない。野球と一緒で、最後の最後まで諦めちゃいけないってことですね、アインシュタイン師匠。

そのとき、目の錯覚が起きた。

壁にかかっているアインシュタインの写真が、一瞬、頷いたように見えたのだ。

だいぶ、疲れているな……。無理もない。極限の緊張状態にさらされたまま、約四時間が経とうとしている。真夏の甲子園で決勝までの全イニングを投げきったタフネスの僕でさえも、ノックアウト寸前だ。

火石が、紙袋を寝室の隅に置いた。

よしっ。スニーカーさえ取り戻せば、裸足で逃げなくてもよくなる。何とかして、あの紙袋に近づきたい。

「工具箱には中々いいものが入ってますよ」杉林が、工具箱を開けた。

三人がしゃがみこんで、中を覗き込む。

「これ、ええやんけ」火石が、満面の笑みでハンマーを取り出した。

ちょっと……勘弁してくれよ。鬼に金棒ならぬ、ゴリラにハンマーじゃないか。ただでさえ凶悪な男が戦闘力をアップさせてしまった。

「それなら、武田先生を簡単に気絶させられるでしょ」杉林も口元を歪める。あれで、笑っているつもりなのか。

稲次郎が、ハンマーをかまえる火石を見て目を丸くする。「待ちたまえ。そんなもので殴ったら、警察の鑑識が黙ってないだろう。頭蓋骨がへこんでしまうではないか」

「そうですよ。海外ドラマの『CSI：』で観たんですけど、ちょっとした傷口から凶器が断定されますよ。あとDNAもすぐにバレちゃいます」コーチンも早口で抗議した。

杉林が、またひとさし指を立てる。「殴ったのは、火石先生ではありません。みな美先生です。実際にやってみましょ。口で説明するよりわかりやすいですから」

「ほんじゃあ、俺はみな美先生の役をやるわ」火石が、ハンマーを持ったまま立ち上がった。

「山下先生は武田先生の役をやってください」

「わかった……」稲次郎が不服そうに頷く。

「僕は何の役をやりましょうか」

「風見君は自分の役をやってください。警察に証言するときの大事なキーマンになりますから」

「了解！」コーチンが嬉しそうに立ち上がる。

まるで、演劇部の練習みたいに、四人の男が配置についた。

杉林が三人を見回して言った。「もしかしたら、警察に一人ずつ事情聴取されるかもしれません。そのときに証言が食い違っていたら怪しまれるでしょ。とにかく、今からやる架空の出来事を頭にしっかりと叩き込んでください。いいですか？」

三人が、緊張した表情で深く頷く。

「では、火石先生、ベッドに腰掛けてください」

火石がベッドに、チョコンと腰掛けた。ハンマーを太腿の上に置き、背筋をシャンと伸ばす。

「みな美先生はハンマーを持って寝室に閉じ籠もっていました」

「ちょっと、待ってくれ」稲次郎が、いきなり話を止める。「どうして、いきなりハンマーが出てくるのだ。不自然すぎやしないか」

「不自然ですかね。だって、実際に工具箱があったんやから持っていてもおかしくはないでしょ」

杉林は強引だけれど、口調が淡々としていて自信に溢れているから、クローゼットの中の僕でさえ、ペースに乗せられてしまう。

「まあ、そうだが……。しかし、違和感があるなあ」稲次郎が納得のいかない顔で首を捻る。

「自殺をしようとしていたんやから、突飛な行動に出てもおかしくないですよ。ヒトラーも自殺の寸前に愛人と結婚式を上げましたからね」

「それは、突飛とはちゃうやろ。死ぬ前に愛してる人と一緒になるのはロマンチックな行動やと思うけどな」火石が反論した。

杉林が大げさに眉をひそめる。「ロマンチックですか？　どうせ死ぬのに、意味ないでしょ」

「お前は冷血人間か。ヒトラーの気持ちがわからへんのか」

「わかるわけないでしょ。冷血さで言えば、ヒトラーのほうがオレよりも遥かに上ですし」

「ヒトラーって、実は生き残って南米で暮らしていたって本当ですかね」コーチンが、横からくだらない都市伝説を挟み込む。

「そもそも、みな美先生とヒトラーを比べるのがナンセンスだろ」

　稲次郎の言うとおりだ。さっさと話を進めて欲しい。

「わかりました。じゃあ、この流れではどうですか？　風見君を突き飛ばして大怪我をさせたみな美先生は、寝室に閉じ籠もった。寝室側にもバルコニーがあるから、そこから飛び降りるかもしれない。焦った火石先生が工具箱からハンマーを持ってきて、寝室のドアを壊した。これなら自然でしょ」

「どうかな……」また、稲次郎が首を捻る。「本当に焦っているのならば、体当たりでドアを壊すのが普通だろ。他人の家で工具箱を見つけ出すなんて行動に出ないと思う」

「これぐらいのドアやったら一撃で壊せるしな」火石が、得意気に胸を張る。

「あの……いいですか」コーチンが右手を上げた。「ぶっちゃけ、混乱してきました。さっきからシナリオがコロコロと変化しつつあるし」

「俺もや。警察に上手く嘘をつける自信がないわ。もっと簡単な作戦にしてくれたほうが助かる」火石も肩をすくめる。

諦めるのが早いよ！　せっかく、杉林がこのピンチを乗り切るために色々なアイデアを出してくれているのに、もう少し協力しろってば！

杉林が腰に両手を置き、ため息をついた。ボロ負けしているバレーボールチームの監督みたいだ。

「杉林先生、どうする？　もう時間がないぞ。武田先生がいつ来てもおかしくない」稲次郎が、舌打ちをしながら杉林を急かす。

「たしかに、シンプル・イズ・ベストですよね。じゃあ、武田先生には酔っぱらってもらいましょ」杉林が、少し投げやりな口調で言った。「ワインを飲ましてベロベロになったところを、首にタオルをかけてドアの把手に吊るせばいいんじゃないですか」

「おいおい、みな美先生が自殺未遂を起こしてバスルームに立て籠もっている設定なのだぞ。そんな状況で酒なんて飲むわけがないだろ」

「全員で取り押さえて、強引に飲ませるんです。キッチンカウンターにはワインが三本ありました。どんな酒豪でも一気に飲ませられたら意識を失うでしょ」

「ハンマーで殴るよりはマシかもしれへんな」火石が、工具箱にハンマーを戻しながら言った。

杉林が手を叩く。「深く考えるのは止めにしましょ。武田先生が来たら皆で一生懸命取り押さえる。オレが馬乗りになるんで、火石先生は両手を押さえてください。山下先生と風見君はワインを担当でお願いします」

「うまく飲ませられますかね……」

コーチンと稲次郎は不安そうだ。

「口を固く閉じられたらどうするのだ」

「鼻から注いだったらええねん。ほんなら、苦しくなって口を開けよるやろ」火石も投げやり気味に言った。

「酔っぱらってる奴のほうが、勢いで無理心中しますもんね」コーチンが自分に言い聞かせるみたいに言った。

「警察への証言は、武田先生を殺してからあらためて考えましょ。そのときの部屋の様子や武田先生の死に方によって臨機応変に対応したほうがいいですね」

杉林の意見に三人が力強く頷いた。

ヤバい……。明らかに、作戦が雑になってきている。そんなアバウトでいいのかよ。今から人を殺すんだぞ。

「皆、自分を信じようや。絶対にイケる。俺らはこのピンチから脱出できるって。信じれば必ず奇跡は起きる。打撃の神様、川上哲治もボールが止まって見えてんから」火石が、肩の筋肉をいからせて言った。

「心頭滅却すれば火もまた涼しって言葉もあるぐらいだしな」稲次郎も興奮して言った。

精神論を持ち出しはじめたよ……。頭が痛くなってきた。

「今のうちにワインを抜いておきましょ。武田先生を取り押さえてからでは遅いですからね。オレは工具箱を元に戻します」

「よっしゃ、コルクスクリューを探そうや。キッチンのどこかにあるやろ」

火石と稲次郎とコーチンが先に寝室を出た。杉林が遅れて、工具箱を持ち上げて続いて出て行こうとした。

ふと、杉林が足を止めて工具箱を見た。次に、寝室のドアをそっと閉め、工具箱を再び床に置いた。

……何をするつもりだ？

杉林は工具箱を開けて、ハンマーを取り出した。チノパンのポケットに入れようとしたけれど入らず、顔をしかめる。シャツをまくり上げて、ベルトに挟み込もうとするが上手くいかない。

こいつ、ハンマーを武器として持っておくつもりだ。火石を気絶させるプランをまだ諦めてないのか。もしくは、いざと言うときの護身用のためか。

杉林が寝室を見回し、ベッドに目を留めた。細長い腕を伸ばし、枕の下にハンマーを隠す。そして、工具箱を持って寝室を出て行った。

これは、チャンスなんですか？　アインシュタイン師匠。

万年筆や制汗スプレーみたいなショボいものではなく、本格的な武器がゲットできるチャンスだ。しかし、リスクもある。枕の下にハンマーがないとわかった瞬間、杉林はどう思うだろうか。都合よく他の三人を疑ってくれたらいいけれど……。

いや、疑ってくれますよね。アインシュタイン師匠。まさか、この寝室に自分たち以外の人間が隠れているなんて夢にも思わないですよね。

また、目の錯覚が起きた。アインシュタインが、コクリと頷いたのだ。

しかし、今度は頷いたままだ。

えっ？　錯覚じゃない？

写真の額がカタカタと動き出した。僕は恐怖のあまり、金縛りにあったみたいに身動きが取れなかった。
ポ、ポルターガイスト？
アインシュタインの大きな写真は、一人でゆっくりと壁から外れ、ポトンとベッドに落ちた。

「あっ」

絶対に声を出してはいけない状況なのに、僕は小さく声を出してしまった。自制心をとことん鍛えている僕だからこそ、それで済んだようなものだ。普通の精神力の人間なら悲鳴を上げたことだろう。

壁には一メートル四方の四角い穴が空いていて、その中に、小豆色のジャージを着た武田が正座をしていた。

15

僕は、クローゼットの中で腰を抜かした。

ど、どうして武田がいるんだよ。そんなとこで何をやってんだ？　て言うか、何でみな美先生の寝室の壁に穴が？

壁には、ちょうど大人一人が入れるほどの小さい部屋みたいな穴があいている。

アインシュタインの写真の裏に隠れていたのか……。あんな狭い空間で、武田は一体何をしていたんだよ。

あまりもの唐突な出来事に、頭の中が真っ白だ。クローゼットでへたれ込んだまま、立つことができない。

武田がすばやい動きでベッドに降りて枕を持ち上げ、ハンマーを手に取った。そして、ベッドからピョンと飛び降り、クローゼットに向かってきた。驚くぐらい身が軽い。忍者みたいな小刻みなすり足で近づき、クローゼットの扉をそっと開けた。

「やあ、虎之助君。驚かしてゴメンなさいね」

「え……えっ……」急に謝られても言葉が出ない。

「声を出しちゃダメです」武田が顔を近づけて囁いた。半端じゃなく口臭がキツい。腐ったタマゴと腐った果物をミックスしたみたいな臭いがクローゼットに立ちこめる。

「火石先生が戻ってくるまでに移動しましょう。クローゼットに隠れていたら、見つかるのは時間の問題です」

僕はどう答えていいのかわからず、武田先生の顔を見上げた。相変わらず、鼻毛が密林みたいに生い茂っている。

武田は、寝室で起こった出来事を知っている……。アインシュタインの写真の裏に隠れながら、寝室の様子を見ていたのだ。

でも、どこに移動すればいいんだよ。

「さあ、立って」武田が手を差し伸べてきた。

武田と手をつなぐのは抵抗があったが、一人では立てそうにない。

僕は嫌々、武田の手を摑んだ。ぬるりとした感触にゾクリと背筋が寒くなる。

「虎之助君は、すべてが終わるまで、あそこに隠れていてください」武田が壁の四角い穴を指した。「あそこなら絶対に見つかりませんから。何があっても声を出しちゃいけませんよ」

それはありがたいけれど、お前はあそこで何をしていたんだ。

「早く移動してください」

武田に急かされて、僕は気合いで腰を直した。腹筋と背筋に力を入れて体を起こす。ベッドに飛び乗り、壁の穴によじ登って中に入った。

狭い。身長が一八五センチある僕には窮屈すぎる。そして、臭い。穴の中に、ほんのりと武田の体臭が残っている。

「我慢してください。虎之助君はスポーツマンだから体が柔らかいよね」

僕は胡坐《あぐら》をかき、背中を丸めて首を引っ込めた。毎日、ストレッチをして柔軟性を保っているから大して苦しくはないけれど、長時間このままだとさすがにキツい。

もしかして、武田がヨガをやっていたのは、このためだったとか?

武田が、ベッドの下から僕のTシャツとジーンズを持ってきてくれた。

「携帯電話を音の鳴らないように設定していますか？　バイブもですよ。スマートフォンでよかった。キーボードを打つ音はけっこう大きいですからね。それと、光が漏れないよう画面の明るさもできるだけ暗く設定してください。あとはメールでやり取りしましょう」

「でも……」僕は武田のメルアドを知らないし、もちろん、僕も教えていない。

「シッ」武田が口にひとさし指を当てた。

「君のアドレスは知ってるから大丈夫です」

はあ？　どうして知ってるんだよ。みな美先生にすら教えてないのに。

武田がベッドに登り、アインシュタインの写真の額を持ち上げた。

「寝室の様子は〝目〟から覗くことができるからね」

よく見ると、アインシュタインの黒目の部分がくりぬかれ、黒いセロファンが貼られている。武田は、この穴から覗いていたのか。

つまり、僕とみな美先生のキスも、バッチリと見られていたわけだ。

筋金入りのストーカーかよ……このオッサン。狙った相手の部屋に盗撮カメラを仕掛ける話は聞いたことがあるけど、自らが壁に隠れるなんて前代未聞だ。

「じゃあ、頑張ってくださいね」武田が、壁に写真の額をかけようとした。

「あの……」どうしても訊いておきたい質問がある。「どうして、僕を助けてくれるんですか」

武田が、目脂だらけの目を細めて微笑《ほほえ》んだ。

「生徒を守るのが教師の仕事だからです」

僕の前に、写真の額がかけられた。寝室の光が遮断され、アインシュタインの目の丸い穴だけから、うっすらと光が漏れる。

僕は写真の額に触れないように注意しながら穴を覗いた。武田がベッドから降りる姿が見える。クローゼットから見ていたのと真逆の角度で、寝室を見渡すことができた。〝覗き部屋〟として作られているだけに、クローゼットの扉の隙間から覗くよりは断然見やすい。

武田は名残惜しそうな表情で、ベッドを見ていた。ここからだと、みな美先生が殺される瞬間を間近で目撃したことになる。ちょうど、真下が枕元だ。

愛する女性に四人の男たちがのしかかったとき、どんな思いだったのだろう。

僕はみな美先生の魅力にひかれてはいたけど、愛してはいなかった。ただ単に、誘惑に負けてこの部屋に来ただけだ。彼女が死んだのは当然ショックだったが、正直、自分の立場を守るのに必死で、悲しんでいる暇なんてなかった。悲しみは、今からやってくるのだろうか。

武田の言うとおり、音さえ出さなければ、ここはかなりの安全地帯だった。

武田先生がピクリと反応し、寝室のドアを見た。僕にも火石たちの声とキッチンの引き出しを乱暴にガシャガシャと開ける音が聞こえる。

「コルクスクリューはどこや？　ワインがあるねんからあるはずやろ」

「よく見てくださいよ。最近は色んな形のコルクスクリューがありますからね。見落としてませんか」

「ダメだ。お洒落な調理器具はチンプンカンプンだ」

「ほんなら、山下先生はワインの口のカバーを剝いとってくださいよ。コルクスクリューが見つかったら、すぐに抜けるやないですか」

「わ、わかった」

武田が、今度は僕のほうを見てニタリと笑い、クローゼットの中に入っていった。

ゆっくりと扉が閉まる。

あっ……そうだったのか。

今、気づいた。僕がクローゼットにいるとき、二回、見つかりそうになった。一回目は武田からの電話で、二回目は武田からのメールで救われた。

……偶然じゃなかったんだ。

武田は、ここから見ていて、僕を守ってくれた。

あの状況で、咄嗟にそこまで思いついたのだとすれば、相当なキレ者だということになる。

な、何者だよ。あのオッサン。

「よっしゃ！　あったぞ！　風見君が抜いてくれや。俺、苦手やねん。いつも、途中でコルクが折れてまうねん」

どうやら、コルクスクリューが見つかったみたいだ。

「任せてください。僕、学生時代はダーツバーでアルバイトしてましたから」

さすがコーチンだ。バイトまでチャラい。

しまった。忘れていた。武田は『メールでやり取りをする』っていってたじゃないか。

僕は、手に持っていたスマートフォンを確認した。

さっそく、知らないアドレスからメールが入っていた。武田だ。

だから、何で僕のアドレスを知ってるんだってば。安全地帯に移動できたのは嬉しいけれど、あまりにも謎が残っている。

とにかく、まずはメールを開いて読んだ。

『虎之助君。居心地はどうです？　透明人間になった気分でワクワクしませんか。よく、クローゼットやベッドの下で耐え抜きましたね。さすが我が学園のヒーローです』

ワクワクするわけないだろ。僕を変態の仲間に入れんじゃないよ。

『助けていただきありがとうございます。武田先生は、そのハンマーでどうするおつもりですか？　いくら武器があっても四人を相手に戦うのは無謀だと思うのですが……』と返信する。

ポンと小気味のいい音がリビングから響いてくる。コーチンが、まず一本目のワインを抜いた。

「ええ音させるやんけ！」

「風見君、見直したよ！　さすが、ダーツバー出身だ！」

火石と稲次郎が雄叫《おたけ》びを上げた。リビングは異様なテンションになっている。無理やり気持ちを昂らせて、殺人の恐怖を忘れようとしているのだろう。

すぐに、武田からメールが返ってきた。

『わかっています。わたしは勝てない喧嘩はしない主義です。虎之助君は安心していてくれていいですよ。何があっても警察は呼びませんから』と書いてある。

見透かされている。僕が心配していたのはズバリそこだった。武田が暴走してしまい、警察に通報するかと思ったのだ。

武田は、本当に僕の将来を考えてくれているのか。不覚にも感動してしまいそうになる。学園で一番嫌われている人間が、学園で一番愛されている人間を救うなんて、どこまで美しい心の持ち主なのだろう。

『そこまで僕のことを思ってくれてたんですね。なのに、割り箸を鼻に突き刺してすいませんでした。武田先生が、みな美先生のストーカーだとは知っていましたが、まさかここまで徹底しているとは思いませんでした。あまりの凄さにリスペクトします。質問させてください。どうやって、他人の家の壁にこんな仕掛けを作ったんですか』と返す。

　ポン、ポンと続けてワインが開いた。

「いつでも注《つ》げるように、カウンターに置いておきましょ」杉林の声だ。工具箱を戻してリビングに来た。「武田先生に気づかれないよう、さりげなく並べてくださいよ」

　その武田が、今、寝室のクローゼットいるなんて、さすがにクレバーな杉林も夢にも思っていないはずだ。

　また、武田からメールが返ってきた。メールを開き、僕は書かれている文章を読んで、思わずスマートフォンを落としそうになった。

『何を言っているのですか？　この部屋はみな美のものではありません。わたしの部屋ですよ』

　この部屋が、武田のものだって？　しかも、みな美って呼び捨てにしてるし。

　意味がわかんねえにもほどがあるだろ！

　アインシュタインの目からクローゼットを見た。あそこに隠れている男は、みな美先生とどういう関係だったんだ。本当に、ここが武田の部屋なら、あのベッドで武田が毎晩寝ていることになる。僕は、そこで初体験を済ますところだったのか。

僕は、『何をおっしゃっているのかわかりません。ぜひ、詳しく説明してください』と武田にメールを打った。

なぜ、みな美先生は武田の部屋に僕を誘ったんだ。どうりで、クローゼットの中に服がなかったわけだ。いや、でも衣装ケースには下着があったし、何より女物の靴箱が大量に置いてあったじゃないか。

もしかして、みな美先生と武田が一緒に住んでいたってこと？　そんなことってあり得るの？　二人が同棲している姿が、まったく想像できないんですけど。

リビングから火石と杉林の声が聞こえてきた。

「あとは武田のオッサンが来るだけや。山下先生、連絡はまだなんか」

「……おかしいな。そろそろ、かかってきてもいい頃なのだが」稲次郎が顔をしかめる。

ここからの角度だと、クローゼットの視界とは真逆になるからデジタル時計は見えない。僕は自分のスマートフォンの暗い画面で時間を確認した。

午前、三時二分。

「まさか、来ないってことはないですよね」

「信じろ！　絶対に来ると信じるんや！」火石が、コーチンの不安を掻き消そうとして大声を出している。「病も気からって言うやろ。ちょっとでも武田のオッサンが来ないかもと思ったら、ホンマに来なくなるぞ」

言ってることがメチャクチャだ。火石は、よく試合中にも『エラーすると思うからエラーすんねん』と吠えているが、そんな言い方をされたら逆効果になることにまったく気づいていない。

武田からメールが入ってきた。

『わたしとみな美の関係を説明します。虎之助君も薄々勘づいているかもしれないが、わたしたちは恋人同士です。じゃあ、なぜ、わたしがストーカーの真似をしたり、みな美が火石先生たちを恐喝していたのかは、複雑な事情が絡み合っていて、十八歳の君にはまだ理解できないと思う。大人の恋は一筋縄ではいかないのですよ』

ここまで読んで、僕は顔をしかめた。胸の奥から苦い味が込み上げてくる。

みな美先生と武田が恋人同士って……。勘づいているも何も、そんなむちゃくちゃなこと信じられるかよ。武田の勘違いに決まっている。ストーカー特有の極度な思い込みだ。四人の男たちと同じく恐喝されていたのに、そう思い込んでいるだけに違いない。

僕は自分に言い聞かせて、武田のメールの続きを読んだ。

『すべては愛のためなのです。わたしたちは一般常識からかけ離れた方法で愛を確かめあっていました。愛とは、見返りを求めず、闇雲に相手を信じ抜くことだと思います。そういった意味では、わたしとみな美はこの地球上で、もっとも愛し合っていたカップルかもしれません。だからわたしは、彼女の命を奪った四人が許せない。必ずや、復讐します』

そこでメールは終わっていた。

……愛と復讐？　武田のキャラにまったく似合わない言葉だ。

16

ストーカーが美人教師と、愛を確かめあう？

シュールすぎて何だか笑えてきた。やっぱり、明らかに武田の妄想だ。みな美先生にいいように扱われていたことを認めたくないだけなんだ。自分にとって不都合な事実を正当化して、問題に立ち向かおうとせず逃げてばかりいる、僕が一番嫌いな大人の典型だ。

たぶん、このマンションが自分の部屋だと思い込んでいるのも完璧な妄想だろう。そうに決まっている。こんな高級でお洒落な部屋に、あんな妖怪みたいな男が住めるわけがない。

とりあえず、武田に『復讐とは、具体的にどうするつもりなんですか？』とメールを打ち返す。

リビングから、杉林の落ち着いた声が聞こえてきた。

「武田先生がいつ来てもいいように、体をほぐしておきましょ。これ以上、怪我人は出て欲しくないですからね」

どこまで冷静なんだよ。杉林には、無理やりテンションを上げるなんて発想はなさそうだ。

「山下先生、ストレッチしておいてくださいよ。去年の体育祭のとき、リレーで転んで靭帯伸ばしたやないですか」火石が、少し馬鹿にした声で稲次郎に言った。体育教師というものは、運動神経の悪い教師を下に見る傾向がある。

杉林が仕切りだす。「じゃあ、オレの真似をしてください。まずはアキレス腱から始めましょうか。〝痛気持ちいい〟ところまで伸ばしてください」

リビングでストレッチ体操が始まった。火石の「イチ、ニ、サン」と掛け声も聞こえる。

殺人のための準備運動かよ。あの四人はすでに正気じゃない。本気で武田を殺すつもりだ。

もし、その張本人がクローゼットに隠れているところなんか見つかったら……。

今、僕がいる隠し部屋——アインシュタインの裏に隠れていればよかったのに。ここなら、殺される可能性は極めて低い。僕の身代わりに自分を犠牲にするなんて、まさか、そんな聖人みたいな人間がこの世に存在するとは……。

またもや、武田からメールが入ってきた。

『復讐の方法はまだ思いついていません。クローゼットの中では何もできませんからね。しかし、どんな手を使っても四人には地獄を見せるつもりです。私が何もしなくても、キナ臭い展開になってきたではないですか。彼らは他人を信用することができない可哀相な人種なのです。このまま仲間割れをしてくれれば、復讐の機会が訪れるでしょう』と書いてある。

……マズい。武田は本気で戦う覚悟でいる。

僕を助けてくれた人間が目の前で殺されるのを、黙って見ているのか。でも、この安全地帯に隠れていれば、僕は何とか助かるのだ。

さっきまでとは、随分と状況が変わってきた。命の恩人を見捨ててまで、自分ひとり、栄光の未来へ一直線に進むべきか。それとも、今、自分のスマートフォンで警察を呼んで武田の命を救って、輝かしい未来は諦めるか……。

ちくしょう。なんで、僕がこんな究極の選択に頭を悩ませなきゃいけないんだ。助けてもらっておいて、こんな言い方をするのは勝手すぎるかもしれないが、武田には最後まで、『不潔で気持ちの悪い妖怪』でいて欲しかった。

僕は、自分のスマートフォンの画面をジッと見つめた。

警察を呼べば、この悪夢を終わらせることができるじゃないか。武田先生という目撃者がいるから、パトカーが駆けつける前に四人の男たちが逃げても、僕が犯人にされる心配はない。本気で助かりたいのなら、通報するのが一番だ。

『キラキラ王子、覗き部屋で危機一髪。美人女教師の殺人を目撃』

また週刊誌の見出しが頭を過った。

通報したら、これまでのすべての努力が無駄になる。そうなっても本当にいいのか？　武田もそれがわかってるから、通報しないでいてくれているのだ。

スキャンダルが原因でプロ野球選手になれず、うしろ指を指されながら生きていかなくちゃいけない人生。新潟の両親みたいに、地味で平凡な人生。

いや、そんなのは、長尾虎之助の人生なんかじゃない。

僕は最後まで諦めない。足掻き続けてやる。甲子園の決勝で、試合は負けたけれど悲劇のヒーローになれたみたいに、必ず逆転のチャンスはあるはずだ。

もし、最悪の事態になったら、バルコニーから飛び降りてやる。自分の夢を叶えられないのなら、死んだほうがマシだ。

＊

一度、野球のことで母親と大喧嘩をしたことがある。

僕は、まだ十五歳だった。「大阪の清冠学園に行きたい」と両親に言ったところ、父親は大賛成をしたのだけれど、母親があまりいい顔をしてくれなかった。

「もちろん、虎之助のことは応援しているけど、家族と離れてまで野球をしなきゃダメなものなの？」

母親の名前は、文音《あやね》と言った。東京出身で、近所でも評判の、色白で純日本的な美人だ。陽気なキャラではなく、おしとやかで、どこか影のある美しさを醸しだしていた（僕のルックスの〝いい部分〟は母親から受け継いでいる）。父親も、どうして田舎者丸出しの自分がそんな上玉と結婚できたのか不思議に思っていて、酒に酔うたびに「わしは運のいい男ら。でも、結婚ですべての運を使い果たしたみたいでおっかねぇよ」とぼやいていた（ちなみに、純朴なキラキラ王子のキャラを僕が演じることができるのは、父親の姿を見てきたからだ）。

母親は、三十年以上も前に、突然、フラリと新潟に現れたらしい。僕も何度か、「どうして東京で暮らさなかったの？」と訊いたことがあるが、「美味《おい》しいお米が食べたかったのよ」と誤魔化されるだけで、本当の理由を教えてはくれなかった。そのときの母親の顔は、笑っていたけれど、どこか悲しそうだった。

僕は、「清冠学園に行かなければ夢が叶えられない」と泣きながら（もちろん、嘘泣きだ）母親を説得しようとした。

「決めつけないで。人生は何が起こるかわからないのよ」

いつも物静かで無口な母親が、このときばかりは僕を怒鳴りつけた。目がつり上がり、一瞬、鬼の面みたいに見えたぐらいだ。

ショックを受けた僕は、「プロ野球選手になれないなら、死んだほうがマシだ」と叫んで家出した。

と言っても、どこも行くあてはなく、近所の野球場に、自然と足が向いた。所属していたボーイズリーグの球場で、夜中だったので照明も落とされ、当然、誰もいなかった。

僕はフェンスをよじ登ってグラウンドに入り、球場いっぱいを使ってランニングをした。フェンス沿いを何周したかわからない。たぶん、五時間以上は走っていたと思う。東の空がぼんやりと明るくなってきた頃、僕は限界になってマウンドの上でぶっ倒れた。夏の終わりの朝は、空気がひんやりとして気持ちがいい。僕は明けてゆく空を眺めながら、自分の荒い息をずっと聞いていた。

「絶対にプロ野球選手になるのね」

母親が、倒れている僕の顔を覗き込んだのでびっくりした。たぶん、球場のどこかから、僕が走っているのを見ていたのだろう。

「なる」息が苦しくて、それしか答えられなかった。

「じゃあ、ひとつだけ約束して」母親は僕の体を跨《また》ぎ、仁王立ちになって見下ろした。「未来には、まだガキのあんたには想像もつかないような、辛くて恐ろしくて理不尽な出来事が待っている。例外なく、それは誰の身にも降りかかるように人生はできてるの。きっと、あんたがプロになる前に、とてつもなく大きな壁が立ちはだかると思うわ。母さんは、そのときにあんたの近くにいて守ってあげられないかもしれない。それが怖いのよ。もし、大阪で野球をするのなら、一人でもいいからあんたの味方を作りなさい。体を張ってくれて、自分が犠牲になろうともあんたを守ってくれる人よ。そんな人を見つけると約束できる？」

僕は、頷いた。そのとき、大阪に行くのが少し怖いと初めて思った。

「気が済んだら帰ってきなさい。朝御飯、作っておくから」

母親は、手に持っていたスポーツドリンクを僕の顔の横に置き、マウンドから去って行った。

＊

本当に、母親の言うとおりになった。

ドラフト会議の一カ月前というこの重要な時期に、とてつもなく大きな壁が、僕の未来を阻んでいる。

息を静かに二回吸って、二回吐く。大丈夫だ。僕は助かる。ワールドシリーズのマウンドに立っている自分の姿をイメージしろ。イメージトレーニングは、数ある練習の中でも驚くほど効果的だ。

まさか、母親の言っていた〝守ってくれる人〟が武田になるとは思ってもみなかった。無事に脱出できたら、武田にお礼をしよう。そして、本気で謝りたい。

あなたこそ、真の教師ですと。

ワールド・シリーズを制覇したときのインタビューで、武田のことを話すのもいい。

「今、僕がこの場にいるのは、一人の偉大な恩師のおかげです」と。

リビングから杉林の声が聞こえた。「山下先生と風見君は、引き続きストレッチをしてください。ギックリ腰の可能性もありますから、背中と腿の裏の筋肉を伸ばしてくださいね。オレと火石先生は寝室で武田を迎え撃つ準備をしておきますんで」

数秒後、寝室に杉林と火石が戻ってきた。ここは、クローゼットよりも視点が高いので、二人の表情がよく見える。

「迎え撃つ準備って何やねん」火石が不審がって言った。

「少し気になることがありまして」杉林が、寝室のドアを閉めながら声をひそめた。「あの二人のことなんですが……」

「山下先生と風見のことか？」火石も、つられて小声になる。

「どう思います？」杉林が、わざとらしく意味深な表情を作る。「かなりの足手まといでしょ」

火石が寝室のドアを見ながら、ため息をついた。「まあな。でも、ここは四人で協力せなあかんやろ」

「どうなんですかね」杉林が、大股で火石から離れ、ベッドに腰掛けた。

……ハンマーを取ろうとしている。手を伸ばせば枕に届く距離だ。杉林は、ここで火石を気絶させるつもりなのか。しかし、ハンマーはクローゼットの中の武田が持っている。

「杉林先生は、あいつらのこと信用してへんのか」

「信用できるできない以前の問題でしょ。さっきもいきなり喧嘩をおっ始めて、風見君が大怪我をするし。あれで、どれだけオレたちが助かる率が下がったと思います？」杉林が憎々しげに顔をしかめた。「ぶっちゃけて言えば、四人でやるより二人でのほうがいいんやないですかね。あいつら、運動神経も悪いでしょ」

杉林のやつ、自分が二人に喧嘩の命令を出したくせに、よくぞここまで平気で嘘をつけるものだ。

しかし、この男は稲次郎やコーチンよりもよっぽど演技が上手い。代わりに演劇部の顧問をやれば、全国大会も夢ではないんじゃないか。

「そうやんな。運動神経、ごっつい悪いもんな」ツボを刺激された火石が乗ってきた。「さっきの風見のコケ方見たか？　ちょっと山下先生に小突かれたぐらいで、あんなふっ飛ぶもんかね。どんだけ、体幹バランスが悪いねん」

たぶん、コーチンは自らふっ飛んだのだろう。勢い余って、グランドピアノあたりで頭を打ったに違いない。

たしかに、足手まといと言えばそうだ。

「武田先生を取り押さえてワインを飲ます作戦ですが、うまくいくと思います？　彼らにワイン係をさせるのって不安でしょ。この作戦の肝《きも》ですよ」

「あいつらなら、ずっこけてワインの瓶を割りそうやもんなあ」

火石が、また寝室のドアを見た。杉林が素早く手を伸ばし、枕の下を弄《いじ》る。

杉林の顔色が変わった。枕の下でハンマーが摑めず、焦っている。ないものをいくら探しても摑めない。

「いっそのこと、『お前らは見学しとけ』って言おうか」火石がくるりと振り返った。

同時に、杉林が枕の下から手を抜く。

「それで、彼らが納得してくれますかね。特に、山下先生はギャアギャアと文句を言いそうでしょ。あの人、プライドだけは高いから」

杉林がベッドから立ち上がった。ハンマーは諦めたみたいだ。

「ホンマにあの人の態度は苛つくよな。デカいのは腹だけにしといて欲しいわ」火石が鼻で笑う。

「オレが山下先生を気絶させます」杉林が低い声で言った。「武田先生を殺し終えるまで眠ってもらいましょ」

火石が驚いて目を丸くした。「でも、どうやって気絶させるねん」

「さっき、火石先生に教わったやり方ですよ」

「……顎を殴んのか？」

「もう一度教えてください。ここでしたっけ」杉林が腕を伸ばし、火石の顎に拳を軽く当てる。

「そう、そこや」

「ありがとうございます」

いきなり、杉林が拳を振り上げ、そのまま叩きつけるようにして火石の顎を殴りつけた。

ゴツッと鈍い音が寝室に響く。

火石の体からグニャリと力が抜け、ベッド脇に崩れ落ちた。

「痛《い》ってえ……」杉林が、顔をしかめて右手を振る。

驚いた。まさか、このタイミングで火石を気絶させるとは……。

杉林は、火石のカーゴパンツからベルトを抜き取りながら叫んだ。

「山下先生！　風見君！　こっちに来てください！」

すぐに、稲次郎とコーチンが駆け込んでくる。「どうしたの？　何、今の音？」

「火石先生を気絶させました」

稲次郎とコーチンが、口をあんぐりと開けて、倒れている火石を観る。

杉林が、火石の体をうつぶせの体勢に引っくり返し、ベルトを使って両手を背中の後ろで縛り上げる。

「な、殴ったんですか」コーチンが目を何度もパチクリとさせた。

「しょうがないでしょ。さっき、失敗したんですから」

「すまん。私が風見君を突き飛ばしすぎたばかりに……」山下が、叱られた生徒のように肩を落とす。

「終わったことを議論してもしょうがないでしょ。それより、手伝ってください。火石先生が目を覚ましたら大変ですよ。武田先生が来るまでに縛りあげましょ。電気のコードでも何でもいいですから、紐状の物を探してきてください。あと、ガムテープがあれば助かります。

工具箱に入ってました」

「わ、わかりました！」コーチンが慌てて寝室から出て行く。

稲次郎も、オロオロしながらあとを追った。

杉林は、火石の体を膝で押さえつけながら、背中の後ろで合わせた両手首にベルトを強く巻き付けている。

一体、これからどうなるんだ……。

どうすればいいのかわからない。あの日、仁王立ちで僕を跨いだ母親の顔を思い浮かべてしまう。

『まだガキのあんたには想像もつかないような、辛くて恐ろしくて理不尽な出来事が待っている』

僕の悪夢は、まだまだ続くと言うのか。

とりあえず、僕を〝守ってくれる人〟にメールをしよう。

第三章　クローゼットの妖怪

17

長尾虎之助からメールが入ってきた。

わたしは、すぐさま自分のスマートフォンでメールを開き、寝室の様子に気を配りながら、長尾虎之助の文章を読んだ。

『火石がやられましたね。どうします？　今なら寝室には杉林しかいないので二対一ですよ。奇襲をかければ勝てるんじゃないですか？』

すぐさま、打ち返す。

『虎之助君。焦りは禁物です。杉林は思ったより手強い。それに杉林を倒したとしても、山下や風見に警察を呼ばれる可能性があります。彼らはパニックになったら何をするかわかりませんからね。ここは慎重に。まず、火石が完全に拘束されるのを待ちましょう』

長尾虎之助をコントロールする必要があるな。若いだけに先走ってしまいそうだ。

さあ、見ものではないか。この至近距離で四人の教師たちの裏切り合いをとくと堪能させていただくとするか。本来なら、敬愛するアインシュタイン氏の裏で、じっくりと高見の見物と決め込むところなのだが、〝特等席〟は我が学園のヒーローである長尾虎之助に譲ってしまった。

それにしても、杉林のパンチは腰の入った快心の一撃だった。倒してくれたのは最もやっかいな人物だった火石で、こいつを、わたしが手を下すまでもなく、拘束してくれているので大助かりだ。

しかし、キッチンカウンターの《シャトー・ムートン・ロートシルト》を開けられたのはショックだった。あれは映画の『007　ダイヤモンドは永遠に』にも登場した最高の赤ワインだ。

今夜の儀式が終わったら、みな美と乾杯する予定だったのに。

《フォルメンティ》の本革ソファも、風見の血で汚されただろう。まあいい。また買い換えればいいし、血痕はいざというときの切り札にもなる。

まずは、気を静めよう。

わたしは、ヨガの《木のポーズ》の姿勢をとり、精神統一を図った。このポーズなら、狭いクローゼット内でも問題ない。ちなみに、アインシュタイン氏の裏にいたときは、座っていてもできる《ねじりのポーズ》や《ハトのポーズ》でみな美を殺された怒りを静めていた。

ヨガは、自己流で十年前から始めた。本当は、ヨガ教室などで本格的に習いたかったのだが、何せこの風貌だと敬遠されるに決まっている。

自分で選んだ道とはいえ、たまに孤独が辛くなるときもあった。みな美のおかげで、その孤独とは無縁になれたかと思っていたが。

……また独りきりの人生が始まるのか。

孤独をこよなく愛していたはずなのに、みな美と過ごした日々のせいで、また孤独が始まるのかと思うと恐怖を感じてしまう。

集中できず、体が揺れる。みな美の笑顔を思い出し、また泣きそうだ。

わたしは、《木のポーズ》を解き、うしろを振り返った。

大量に積み上げられた靴箱。みな美が残した〝遺品〟だが、わたしは使うことができない。

わたしは、思わず目を閉じた。さっきまでシーツから覗いていた白い脚が、瞼の裏に焼きついている。

ああ。みな美……本当に君は死んでしまったのか。

わたしの目から、涙が零れ落ちた。復讐を終えるまでは決して泣かぬと心に誓ったのに。

＊

「私、武田先生に恋をしてしまったんです」
三年前――。放課後、生物実験室でミトコンドリアの観察をしていたわたしの前に、新任教師のみな美が現れた。

青天の霹靂《へきれき》だった。教師になってたった二カ月で学園のマドンナの座を射止めた彼女が、わたしのような男に惚れるなど神でも予想できないだろう。

「冗談はやめてください」わたしは、電子顕微鏡から顔を上げずに言った。噓だとわかっていても、恥ずかしくて、とてもみな美の顔を見ることができなかったのである。

「冗談なんかではありません。私、本気なんです」

「あなたのような美しい女性が、わたしに恋をするわけがありません」

どうせ火石か不良生徒にそそのかされて、悪戯に協力しているのだと思っていた。

「誰かを愛するのに理由が必要ですか」みな美は、いたって真剣な声で言った。

「生物学的には必要です。美男美女がモテる理由は、顔が左右対称になっていて、バランスが優れているからです。不健康さというものは顔に現れる。つまり、我々の子孫は病気が少なく体が強い相手を〝顔で〟本能的に選んできたのです」

「自分が醜いとおっしゃってるんですね」

「誰が見てもそう思うでしょう。あなたとは月とスッポンのレベルではない。太陽と大腸菌ほどかけ離れている」わたしはなるべく皮肉を込めて言った。

「私、知っているんです。武田先生は本当の自分を隠しています。その姿は偽りです。わざと、周りから嫌われようとしていませんか。その体臭も無理やりキツくしていますね。私は鼻が悪いからさほど気にしてませんけど」

わたしは、思わず電子顕微鏡から顔を上げた。初めて、わたしの〝努力〟を見破られたからだ。

生物実験室の窓から差し込む夕陽を受けて、みな美は眩《まぶ》しそうに微笑んだ。

「ほら。やっぱり。それに、いつも私を守ってくれてますよね」

「何のことを言われているのかわかりません」

「私が火石先生に絡まれているときに限って、武田先生はふらりと火石先生の前に現れるじゃないですか。自分がからかわれるのをわかっていて、私を助けてくれてるんでしょ。それに嫌われているように見せていても、武田先生の目に、悪意なんて見えない」

そこまでバレていたとは……。別にわたしに下心はなかった。たしかにみな美のことを美しい女性だとは思っていたが、それ以上の感情はない。セクハラをする火石の態度に腹が立ったから行動を起こしただけだ。

「気のせいですよ」わたしは苦笑いで誤魔化した。

「それでもいいんです」みな美が何の迷いもなく私を見た。「好きになったから関係ありません。武田先生も私のことを好きになってください」

その瞬間、わたしは、三十年ぶり恋に落ちてしまった。

みな美の言うとおり、恋に理由なんて必要ない。

＊

山下と風見が寝室に戻ってきた。

風見はドライヤーや携帯の充電器、延長コード、山下は工具箱を持っている。

「急いで火石先生の足を縛ってください」

杉林の指示に従い、倒れている火石の前に、山下と風見が屈み込む。山下が工具箱を出して、ガムテープとビニールテープを出す。杉林がそれを受け取り、どんどん、火石の手に巻いていく。風見はコード類を足首に巻きつけ、固く結んでいる。

「こんな物まであったぞ」山下は、興奮した声で二段式の工具箱の下段を開けた。

マズいな……ネイルガンが見つかった。銃のような形をしたいわゆる釘打ち機で、トリガーを引けば、ガスの力で釘を発射させる。もちろん、安全装置がついているので、何か物に押しつけなければ釘は出ないが、強力な武器になるのは変わらない。

「山下先生。ナイスです」杉林が、わずかに顔を引きつらせる。

「女のくせにこんな物まで持っているなんて、やっぱり、みな美先生はミステリアスですね」風見も興奮している。

みな美のではない。わたしの工具箱だ。

ネイルガンを手に入れられたことによって、山下の戦闘力が格段に上がってしまった。こっちがハンマーを持っていようとも、あれを振り回されたら迂闊《うかつ》に近づけない。

さらに、三人は、ドライヤーのコードで、火石の両足と両手をグルグル巻きにしたあと、上からビニールテープでガッチリと固定した。

「よしっ。これで完璧でしょ」杉林がガムテープを切り、火石の口に貼りつける。「火石先生に邪魔されなければ、ゆっくりと武田先生を殺せますよ」

冷静な顔で、怖い台詞を吐く男だ。もし私が隠れているところを見つかってしまえば、あっさりと殺されてしまうだろう。

心拍数が上がってきた。みな美の仇を討てないまま、死んでたまるものか。

「これは、私が持っていてもいいかな」山下が、ネイルガンを見せた。「使うことはないとは思うが、もしものためにだよ」

「もちろん、どうぞ。オレもあとで武器を探します。火石先生を解放するとき逆上されたら困りますからね」杉林が答えた。

「そ、そうだよな。杉林先生は何を武器にするんだ」山下の顔が強張《こわば》った。

「工具箱には、他に何か凶器的なものありますか。僕も欲しいです」風見が、工具箱を覗き込む。

「ドライバーぐらいかな……ハハハ」

「それやったらキッチンの包丁のほうが使えそうやな。オレ、包丁にします」杉林が言った。

「じゃあ、僕もキッチンで探します。ドライバーじゃショボいですもんね」風見が続いた。

「うん。いいんじゃない。賛成だ、ハハハ」

……山下が怯《おび》えている。間違いなく、火石を気絶させた杉林が恐ろしいのだ。次は、自分が何かされるかもしれないと警戒してネイルガンを持ち出したのだろう。

悪くない。うまく山下の心理を突いて疑心暗鬼にさせれば、さらに復讐の機会を広げることができる。

「さあ、火石先生を運びましょ。さすがに、イモ虫みたいなこの姿を武田先生に見せるわけにはいきませんからね」

「どこに運ぶ？　とりあえずは、クローゼットにでも放り込んでおくか」

山下！　こんなときに限って余計な提案をするんじゃない！

杉林が首を捻り、こちらを見た。視線が合いそうで思わず目を逸らしてしまう。

「山下先生。ナイスです」杉林が言った。

一気に窮地に追い込まれた。

アインシュタインの写真の裏からクローゼットに移動したのが裏目に出てしまったか……。

しかし、あのままだったら、長尾虎之助が奴らに見つかってしまっただろうから、わたしの判断は間違っていなかったと思う。

「山下先生は脚を持ってくれますか。オレは上半身を持ちますんで」

杉林と山下が、火石を運ぼうとする。

わたしは、咄嗟に自分のスマートフォンを開いた。《清冠学園》のフォルダから《山下稲次郎》を探し、電話をかける。

山下のスラックスから、『水戸黄門』の主題歌の着メロが鳴った。

「か、かかってきた。もしかして、武田先生からか」山下が、慌てて火石の脚を離し、携帯電話を取り出す。「やはりそうだ。ど、どうする？」

「もちろん、出るに決まってるでしょ。マンションの前に着いたんですよ」杉林が山下を睨み付ける。

「わ、わかった」山下が、手を震わせて電話に出ようとした。

タイミングを見計らい、電話を切る。

「しし、しまった。切れたぞ。か、かけ直したほうがいいか。そりゃ、いいよな」

「山下先生、落ち着いてください。舌が全然回ってませんよ。武田先生に怪しまれたら元も子もないじゃないですか」風見が山下の背中を摩《さす》った。

「み、みな美先生が自殺しようとしたって設定なんだから、少しぐらい慌てているほうがリアリティはあるじゃないか」山下がムキになって反論する。

わたしはメールを開き、指を可能な限りの高速で動かして、閃いた文章を打ち込んだ。急げ。一秒のタイムロスが命取りになる。

『玄関ドアの前にいます』と打ち、山下のアドレスに送信した。

すぐに、山下の携帯の着信音が鳴る。「うおっ。今度はメールが来たぞ」

「何て書いてあります？」

杉林と風見が、山下の手元を覗き込む。

この隙に、わたしは次のメールを作成にかかった。何としても、時間を稼がなければならない。

「……今度は本当ですかね」風見が呟いた。

「わからん。でも、来てるなら玄関を開けるしかないやん。山下先生、そのネイルガンで武田先生を脅して貰えますか」

「わかったよ。君たちはどうするのだ」

「風見君は玄関のドアを開けて」

「は、はい。了解です。こんな頭でもいいんですか」風見は、シーツでぐるぐる巻きになった頭を両手で整えた。

「逆に、そっちに目が引きつけられるからいいよ。山下先生がネイルガンを突きつけやすくなる」

「杉林先生の役目は何だね」

「武田先生の顎を殴って気絶させます。火石先生で練習済みですから」

重苦しい沈黙のあと、山下が言った。「……その方法でいくしかないか」

わたしは、書き上がったメール文を送信して、クローゼットの扉の隙間から寝室の様子を窺った。

山下の携帯が鳴り、三人がビクリと反応する。

「ま、またメールが来たぞ」

「何て書いてありますか」杉林が、鋭い声で訊いた。

慌ててメールを開封した山下が、震える声で読み上げる。

「合鍵を持っているので、勝手に入ってもよろしいでしょうか。チェーンロックをしているのなら外してください」

三人が顔を見合わせた。

「ど、どうして、武田先生が、この部屋の合鍵を持っているのだ」山下の顔が真っ青になる。

「やっぱり、ミステリアスだ……」風見が呆然として言った。

「理由なんかどうでもいいから！　玄関に行きましょ！」

「はい！」

杉林と風見が寝室から出て行った。

二人を追った山下が、フローリングの床で滑って転びそうになった。ネイルガンを持っているのに、危なっかしいにもほどがある。

また、寝室には誰もいなくなった。

……今しかない。わたしは、クローゼットから寝室に出て、音が鳴らないよう扉を慎重に閉める。

イモ虫にされた火石がクローゼットに運ばれる以上、他の場所に移動しなければならない。

みな美。もう少し、待っていてくれよ。奴らに地獄を見せたあと、わたしもそっちに行くからな。

アインシュタインから視線を感じる。長尾虎之助が見ているのだろう。

何としても、彼だけは脱出させなければいけない。彼をこの部屋に呼んで肉体関係を持つよう、みな美に指示を出したのはわたしなのだから。

18

ベッドの下に潜り込んだ途端、後悔した。

埃の量が凄く、鼻の奥がむず痒くなる。油断すれば、すぐにクシャミが出てしまうだろう。ベッドと床の間も狭く、相当息苦しい。

わたしはクシャミがでないように左手で鼻と口を押さえ、右手でスマートフォンを操作した。長尾虎之助からメールが入っている。

『僕がベッドの下に隠れましょうか？　交代します。武田先生は、アインシュタインの裏に戻ってください』

長尾虎之助の優しさに、一瞬、感動しそうになったが、すぐに思い直した。彼は自分を犠牲にするような人間ではない。わたしより、自分がベッドの下に隠れたほうが見つかる可能性が低いと判断しただけだ。一体、どこであのクレバーさを身につけたのだろう。

復讐の邪魔をしないでくれれば、それでいい。

『どうか、音を立てずに見守っていてください。ここから先は、わたしの個人的な戦いです』と長尾虎之助に打ち返す。

長尾虎之助からメールが入ってきた。

『わかりました。お言葉に甘えて、僕はここで見ておくだけにします。あと、非常に聞き辛い質問なのですが、武田先生は、このアインシュタインの裏の隠し部屋で、一体、何をしていたのですか。気になって仕方ありません。もし差し支えなければ、教えていただければ幸いです』

充分、差し支えているよ。頼むから復讐に集中させて欲しい。それにしても、若いくせに、年寄り臭い文章を書く子だ。

『何をしていたのかと訊かれれば、君とみな美の性交渉を覗こうとしていたと答えるしかありません。しかし、それは一般人が思ういわゆるいやらしいものとは大きくかけ離れています。私とみな美にとってはとても大切で崇高な儀式だったのです』と打ち返した。

長尾虎之助が、周りから求められるヒーロー像を演じているのは、だいぶ前からわかっていた。彼が背負っているのは、普通の十八歳では到底抱えきれないプレッシャーだ。それを背負ったまま生きていくには、真の自分を完全に捨て去らなければならない。

――わたしとみな美が恋人同士になったのは、この長尾虎之助の存在がきっかけだった。

三年前の生物実験室で、みな美から告白されたものの、わたしは彼女の気持ちに答えられずにいた。

*

どうしても、納得できなかったのである。

わたしは訳あって、周りに不快感を与えて生きてきた。三十年以上前に起きたある出来事により深いトラウマを負い、極度の対人恐怖症に陥っていたからだ。他者との間に、愛情や友情が芽生えるのが何よりも怖い。

人から毛嫌いされるためには、不潔感を保つのが一番の近道だ。それに不気味さを加えれば、鬼に金棒だろう。

まずは落ち武者をモデルにし、前頭部の髪の毛を抜いて、後ろ髪を肩まで伸ばした。当然、頭は洗わない。たまに天ぷら油を整髪料代わりにしてテカリを出したり、フケが少ないときは消しゴムのカスを頭にふりかけて増量した。眉毛は剃《そ》り落とし、目脂は大切に残し、鼻毛は丁寧に伸ばした。

苦労したのは、顔中に吹き出物を作ることだ。毎晩、ナッツ類やら添加物まみれの食事を摂取し、ビタミンCは控えて肌にダメージを与え続けた。洗顔などもっての外だ。わざと生徒たちの前で吹き出物を痒そうに掻いてみせて、爪に溜まったカスを食べているフリをした。

ダメ押しは〝臭い〟だ。毎朝、歯を磨かず、ブルーベリージャムを食べて紫色に着色した。なるべく、餃子やトンコツラーメンなどの臭いがキツいものを食べるように心がけ、強烈な口臭を手に入れた。体臭は、カメムシの臭いの成分を研究し、独自で香水を開発した。

努力の末、ようやく生徒たちから「リアル妖怪」と呼ばれるようになった。（教師というのは不思議な仕事だ。わたしがどれだけ不気味な風貌になろうとも、免職になることはなかった。普通の会社であれば即刻クビになるような人材が当たり前のように働いている。暴君の火石、空気の読めない山下、お調子者の風見も、教師だから許されているだけである）。

そんなわたしに恋をするなんて！　これまでの努力を台無しにするようなみな美の告白にわたしはうろたえてしまい、一方的に無視を決め込んで一年間は口も利かない状況だった。

二年前の春、長尾虎之助が入学してきた。その年の夏から甲子園で投げ、瞬く間に学園のスターに上りつめた。

彼の顔を最初に見た日から、何か感じるものがあった。初めて会った気がしなかったのである。一年生ながら甲子園のマウンドに上がる彼をテレビ中継で観戦しているとき、わたしの体に稲妻が走り抜けた。

もしかして、長尾虎之助は、あの人の息子ではないのか……。

懐かしさと悲しさが入り混じった複雑な感情に胸が押し潰されそうになった。長尾虎之助の顔には、明らかに、三十年以上も前にわたしが愛した人の面影が残っている。

まさに、運命の悪戯としか言いようがない。

どうすべきか、悩み苦しんだわたしは、独りで抱えることができず、生物実験室に九回目の告白に来たみな美に相談したのである。

「虎之助君が、初恋の人の子供なんですか」

わたしの相談を受けたみな美は目を丸くして驚いた。しかし、嬉しそうでもあった。今まで無視され続けてきたわたしのパーソナルな問題を知り、二人の距離が急速に縮まったからだ。

「間違いありません。学籍簿を調べてみました」わたしは、恥ずかしい気持ちを懸命に堪えて言った。

「その……初恋の方のお名前は何とおっしゃるんですか」みな美の声に、わずかに嫉妬の色が混じっている。

「文音です。文章の文に音と書きます」

「あやね」みな美が噛みしめるように呟いた。「美しい名前ですね」

「はい。とても美しい人でした」

封印していた記憶が、強制的に蘇《よみがえ》ってしまう。また、押し潰されそうな痛みが胸を襲ってきた。

「虎之助君の顔を見ただけでよくわかりましたね。それほどまでに、文音さんのことを愛していたんですか」みな美が、射るような目でわたしの顔を見つめた。

「……あのときの気持ちが愛だったのかはわかりません。とにかく、わたしは、まだ十八歳であまりにも若かった」

偽らず、正直に答えた。なぜか、みな美の前では嘘をつく気にはなれない。

「文音さんに自分の想いを告白しました？」

わたしは首を横に振った。「でも、彼女は気づいていたと思います」

「当時の文音さんは、おいくつだったんですか」

「二十三歳です。わたしの実家のハウスキーパーをしていました」

「私の予想どおり」みな美が、わざと勝ち誇った表情を見せた。「武田先生は、お金持ちの家の出身だと思っていたんです」

「こんなわたしを見て？　超能力者でもない限り無理でしょう」

「この学園に来たばかりのとき、たまたま音楽室の前を通ったらピアノの音が聞こえたんです。ベートーヴェンのピアノ・ソナタ第8番ハ短調『悲愴』第2楽章。見事な演奏でした」

「あれを聞かれましたか……」顔から火が出そうだ。

一度だけ、誘惑に負けて音楽室のグランドピアノを弾いてしまったことがある。鍵を閉め忘れたのか、音楽室のドアが開いていたのだ。

「私も昔ピアノを習っていたから、誰が弾いているのかなと思って軽い気持ちで窓から覗いたら、武田先生がグランドピアノの前に座っていたのでビックリしました」みな美が、微《かす》かに頬を赤らめた。「それが、きっかけだったんです」

「何のきっかけですか？」

「武田先生に興味を持つようになったんです。だって、今の風貌と繊細なタッチの演奏があまりにもかけ離れているじゃないですか。観察しているうちに、武田先生がわざと皆に嫌われるように仕向けているのがわかりました」

「おっしゃるとおりです。これは、わたしの本当の姿ではありません」何の迷いもなく、告白した。「理由があって、他人と関わらないでもいいように距離を置いているのです」

みな美が、わたしに近づいてきた。反射的に椅子から立ち上がろうとしたわたしの手を、彼女は摑んだ。

「過去に、文音さんとの間に何かがあったんですね」

陶器みたいな白い指とは対照的に、ほんのりと温かい手だ。わたしは魔術をかけられたように身動きが取れなくなり、グラウンドの野球部の掛け声や廊下を走る生徒たちの足音も聞こえなくなった。――世界にいるのは、わたしたち二人だけだった。

「忘れることを許されない、辛い過去です」

わたしは、あの日に起きた悪夢のすべてをみな美に打ち明けた。

＊

引き続き、長尾虎之助にメールを打った。目に埃が入ったのかしばしばする。『心配は無用です。もし、わたしだけが奴らに見つかったとしても、絶対に虎之助君のことは漏らしません。今は予断を許さない状況なので、少し集中させてください』と打ち返した。これで、少しは大人しくなってくれるだろう。

実際、長尾虎之助とメールのやり取りをしている場合ではない。目の前には、意識を失った火石が倒れていて、手を伸ばせば届きそうな距離に後頭部がある。

玄関はどうなった？　全神経を集中させ、聞き耳を立てる。

「また、いないぞ！　あの男はどれだけ人を馬鹿にすれば気が済むのだ！」山下が烈火の如く怒り狂っている。

「武田先生は、一体、どういうつもりなんですかね」

風見の質問に、杉林は答えない。おそらく、あの冷静な表情で、じっと考え込んでいるのだろう。

こちらからも、反撃を開始させて貰おうか。

わたしは再びスマートフォンのメールを開き、山下のアドレスに『そちらに、風見先生はいらっしゃいますか』と送信した。

遠くで、山下の携帯電話が鳴る。「何だ、おい。また武田先生からメールだ」

「何て書いてあるんですか」風見が訊いた。

「どうして、武田先生は風見君がここにいることを知っているのだ。これを見てみろ」山下が風見を問い詰めている。

「さあ……どうしてなんですかね。さっき、『学園の先生方が何人か集まっています』と打ったからじゃないですか」

「だからと言って、『風見先生がいる』とはならないでしょ」杉林が会話に入ってきた。「火石先生ならまだしも、風見君は頼りないキャラなんやから。それに、山下先生と風見君が犬猿の仲だってことは誰でも知ってることでしょ。武田先生と風見君が話しているところを見たことがありますか」杉林が訊いた。

「いや、ないな。そもそも、武田先生は職員室でも誰とも話したがらないだろ」山下が答える。

風見が必死で弁明する。「ちょっと、待ってくださいってば！　僕は武田先生と何も話してないですよ！　たまに話しかけても無視されますもん」

そうだ。孤独をこよなく愛しているからな。

わたしは、新しくできたメールを再び山下のアドレスに送信した。

「また来たぞ」山下がメールを読み上げる。「どうしても、風見君と二人きりで話しておきたいことがあります。彼以外の人物とは、わたしは話しません」

「何だよ、それ！　意味がわかんねえって！」風見が泣きそうな声になる。

「……風見君。武田先生と一体、どういう関係だ。これは明らかに親密な仲だろ。もしかすると、今夜、私たち四人がみな美先生の件でミーティングをしたことも相談したのではないか」山下が、風見に訊いている。

「そんなのありえますか？」風見が、怒りの混じった声で答えた。「どれだけ悩んでいたとしても、あんな人には絶対相談しないでしょ」

あんな人で悪かったな。まあ、それだけわたしの〝努力〟で、学園中の人間を欺けていたわけなのだが。

だが、みな美は違った。彼女は、他のボンクラ共と違い、真実を見抜く力を身につけていた。

「しかしだな、この武田からのメールを読む限り、武田が風見君と何らかの関係があるのは間違いないぞ」

風見は相当混乱しているはずだ。わたしと風見が口を利いたのは、この三年間分を全部足したとしても、一分にも満たないだろう。

「マジで何のことか意味がわかんないですよ」

突然、クシャミの衝動がわたしを襲った。クシャミを意識すればするほど、痒みが増大していく。

こんなときに……。生理現象が憎らしい。

クシャミのことは忘れろ。意識を他に飛ばすのだ。ゲノムＤＮＡや光合成細菌やたんぱく質の電気的性質について考えろ。

指の間から垂れてきた鼻水を拭おうとしたそのとき、とうとう限界を超えた。

「ゴフッ」

クシャミをしてしまった。手で必死に押さえたが、咳き込むような音が出た。

頼む……。聞き逃してくれ。

「何だ、今の音は？　杉林先生、風見君、聞いたか？」山下が、声高に言った。

「は、はい。寝室から聞こえました！」風見が答える。

思い切り、聞かれた。それならそれで、腹を括るしかない。わたしは、ジャージのポケットからハンマーを取り出し、強く握り締めた。

戦うしかない。せめて、一人だけでも地獄に送ってやる。

目の前で呻《うめ》き声がした。火石の体がもぞもぞと動き出す。

……勘弁してくれよ。火石までもが目を覚ましたではないか。

寝返りを打った火石がクルリと反転し、顔をこちらに向ける。わたしと目が合った。その距離は、もはや一メートルもない。

火石の目が幽霊でも見たように見開く。

完全に、見つかった。

19

ぐむむ、んぐんぐ、と火石が激しく呻きだした。

ベッドの下にわたしがいることと、両手と両足が縛られていることに同時に驚いている。

床を転がる勢いで拘束を解こうともがくが、杉林たちはよほど強く縛ったらしく、火石の怪力をもっても逃れられない。肩の筋肉が岩のように盛り上がり、血管が切れそうなほど浮き出ている。

「目を覚ましているぞ」山下が寝室に戻ってきて、舌打ちをする。

遅れて、杉林と風見が入ってくる。ここからだと足しか見えない。

火石が仰向《あおむ》けになり、二人を睨み付けた。杉林にノックアウトされたのを思い出したのだろう。顔を真っ赤にしながら、怒りで全身を震わせている。

「火石先生、おはようございます。ご機嫌のほどはいかがですか」杉林が、火石の両足を避けながら言った。

ふごー、むごー、と火石が叫ぶ。

杉林を罵《ののし》っているか、もしくは、わたしがベッドの下に潜んでいることを必死で伝えようとしているのかもしれない。

「少し、静かにしていただけますか」

杉林が、右足で火石の胸を踏みつけた。火石が怯えた目で見上げる。

ベッドの下からの視界は狭く、最初は何に対してそんなに怯えているのかわからなかったが、火石の顔に包丁の刃先がゆっくりと近づいてくるのが見えた。

本当に、キッチンから武器を取ってきたのか……。

わたしの存在は、火石以外の三人にはまだバレてはいない。さっきのクシャミも火石の呻き声と勘違いしている。だが、火石には見つかってしまった。もう、ここまでくると幸運なのか不運なのかわからなくなってきた。

「この際だからハッキリ言わせてもらいますけど、火石先生が邪魔なんですよ」杉林が包丁で火石の頬をピタピタと叩いた。「オレらだけで武田先生を殺しますんで、大人しくしててくれますか。火石先生も助かりたいでしょ」

山下も調子に乗って、ネイルガンの銃口を火石の額に付けた。「もちろん、協力してもらいたいのは山々だが、私たちは君の気の短さに脅威を感じている。せっかくの計画を台無しにされたら困るからね」

火石が呻きながら首を振って、顎でベッドの下を指した。やはり、わたしが隠れていることを教えようとしているのだ。

杉林の手が火石の髪の毛を摑んだ。「同じことを何回も言わせせんとってください。すべてが終われば解放しますから。もし、これ以上邪魔をするならオレにも考えがありますよ」

「ぜひ、その考えを聞かせてやってくれ」

「火石先生も殺します」

火石が呻くのを止めた。真っ赤に充血した目で杉林を見る。

「な、何だと？」山下が、素《す》っ頓狂《とんきょう》な声を上げた。

「邪魔をされるぐらいなら死んでもらいます。オレは息子のためにも絶対に警察に捕まるわけにはいかないんですよ。山下先生もそうでしょ。家族のために、何としてもこのピンチを乗り越えなあかんでしょ」

「当たり前だ。捕まってたまるものか。しかしだな……火石先生を殺してしまったら余計にわたしたちの立場が危うくなるだろ」

「そのときは、火石先生がみな美先生と無理心中をしたことにすればいいでしょ」杉林が、珍しく投げやりな口調になる。「このマンションに来る前の居酒屋で、火石先生が『あの女、ぶっ殺さな気が済まへんわ』って叫んでくれたから不自然やない。レジの店員さんも証言してくれるでしょ」

火石の鼻息が荒くなってきた。杉林への怒りを懸命に堪えている。

「じゃあ……武田先生はどうなるんですか」風見が訊いた。

「武田先生も火石先生が殺したことにすればいいやないですか。細かい段取りはあとで考えましょ」

メチャクチャだ。冷静だった杉林も、さすがに焦ってきたのだろうか。凶器を持ったことで興奮しているのかもしれない。

「要は、火石先生が大人しくしてくれていたら、元の計画どおりに進めるってことだろ？」

山下が不安げに訊いた。

「そうですよ。オレだって殺すのはあと一人だけで済ませたいですし」

山下が少し安心して、火石を説得する。「聞いたか？　生きるも死ぬも君次第だ。頼むから私たちの言うとおりにしてくれ。いいな？」

火石が渋々と頷いたあと、横目でわたしを睨み付けてきた。八つ裂きにされそうな形相である。間一髪で、杉林たちに発見されるのは免れたが、火石の口に貼ってあるガムテープが取れたら終わりだ。綱渡りは依然続いている。

杉林の言葉がどこまで本気なのかはわからないが、火石を殺してくれないと助からない状況まで追い込まれてしまった。

「火石先生、すいませんが、もう一度眠ってもらいますね」

杉林が、火石の髪の毛を摑んだまま頭を床に叩きつけた。ゴンという音に思わずビクリと反応してしまう。

火石が痛みに顔を歪めた。顔面の筋肉を痙攣《けいれん》させながら叫ぶのを我慢している。

「お、おい、大丈夫か……」

驚いたのは山下と風見も一緒のようだ。

に止める。

「大丈夫でしょ。火石先生はそんなにヤワじゃありませんよ」

杉林は、容赦なしに何度も火石の後頭部を床にぶつけるのを繰り返した。

「……杉林先生、そろそろやめたほうがいいんじゃないか。死んでしまうぞ」山下がさすがに止める。

「そのときは、火石先生が無理心中というプランでいきますので安心してください」

うろたえる二人は見ているだけで、止めようともしない。杉林の持っている包丁が恐ろしいからなのか。

「やっぱり殴ったほうがてっとり早いみたいですね」杉林は山下の忠告を無視し、固く握りしめた拳で火石の顎を殴りつけた。火石の顔がぐりんと捻じれる。

「……気絶したのか？」山下が杉林に訊く。

杉林が、火石の頬をペチペチと叩き確認した。「みたいですね。さあ、クローゼットに運びましょ。風見君も手伝ってや」

「は、はい……」

三人が、ぐったりとしている火石を持ち上げた。クローゼットの扉が開く音に続いて、ドサリと火石が寝かされる音、そして、扉が閉められる音が聞こえた。

明らかに、杉林の様子がおかしい。火石の暴走を止めるはずが、自分のほうが狂気じみた行動に走っているのに気づいていない。

やっかいなことになってきたぞ……。

また、目が痒くなってきた。埃に反応して、鼻水も溢れてくる。何とか手で押さえているが、いつクシャミが出てもおかしくない。

杉林が、床から包丁を拾いあげた。「次は、風見君の番だ。武田先生との関係を話してもらう。何であんなメールが入ってきたのか」

「だから、さっきも答えたじゃないですか。本当に意味がわからないんですってば。僕、武田先生のこと大嫌いなんです。あんな人と仲良くしてると思われると考えただけで鳥肌が立って吐き気がします」風見が怯えた声で言った。

人を馬鹿にするから、こんな風に罰が当たるのさ。

風見の苛めは陰湿だった。火石のように暴力を振るうわけではないのだが、生徒たちと一緒になって愚弄してくるのである。わたしは、人から嫌われるよう不愉快な人物を演じているわけだから、多少の嫌がらせは覚悟をしている。しかし、風見は生徒たちの人気者になろうとして許せない行為をした。

わたしの愛用の魔法瓶に小便を入れたのだ。食後のコーヒーを楽しみにしていたわたしは、それを知らずに飲んでしまった。

「オレらもそう思ったから訊いてんのよ。隠し事があるんやったら今のうちに言っておきや。あとでバレたら火石先生みたいに縛りあげてぶん殴って気絶させなあかんくなるし」杉林がやんわりとした口調で脅しにかかる。

「信じてくださいよ。僕と武田先生は何の関係もありません。僕だって、妻が待っているんですから帰りたいです」

「何も隠してないと新婚の奥さんに誓える？　愛しているかどうかは怪しいけど」杉林がからかうように言った。

「愛してます。愛してるから結婚したんですよ」

「じゃあ、どうしてみな美先生と浮気をしたのだ」山下が訊ねる。「私は二人の娘は大切だが、妻のことはそれほど愛していない。もちろん、大切な家族の一員だから大切に思う気持ちはある。しかし、女としては何の魅力も感じていないのは事実だ。十年以上もセックスレスで寝室も別だ」

「僕は妻を愛してます。でも……お金や将来のことを考えなかったわけではありません。彼女と結婚したほうが楽に生きていける確率が高いとは思いました」

　風見の脚が、ふらついてきた。興奮して、負傷した頭に血が上ったのか、立っているのも辛そうだ。

「よくぞ言ってくれた。これで、信頼できますよね、山下先生」

「まあ、そうだな。とりあえず、続きはリビングで話そうか。風見君を少しソファで休ませよう」

「平気ですよ。武田先生を何とかして呼び寄せなくちゃいけませんし……」風見が強がって答える。

「無理するなよ。いざというときに動いてくれなきゃ困る。武田先生にメールするのは寝転がりながらでもできるでしょ」杉林が優しい声で言った。

三人が寝室から出ていった。声のトーンから察するに、風見は無理やり結婚した理由を吐かされてプライドを傷つけられた様子だ。

仲間割れをさせるには、さらに風見をターゲットにして責めてみるか……。

奴らの前に一度も姿を現さずに破滅まで導いてやる。

＊

「どうすれば、私を愛してくれるんですか」
一年半前の生物実験室――。みな美にわたしの悪夢の過去を打ち明けてから、二人の関係は深まった。

とは言っても恋人同士になったわけではなく、毎日、放課後にみな美が生物実験室に顔を出し、献身的に手作り弁当や焼き菓子を持ってきてくれるだけである。ただ、三十年近く、まともに女性と話もしてこなかったわたしにとっては、考えられないほどの親密な関係だ。

「あなたを愛せない理由は前にも説明したはずです」わたしは、かじっていたシナモン風味のクッキーを教科書の上に置いた。

「わかっています。あんなに酷い経験をすれば誰でもトラウマが残りますよね。武田先生が一生誰も愛さないと誓ったのもとても理解できるんです。でも……」みな美は悲しげに目を伏せた。「わたしは、もっと、もっと、武田先生を愛したいんです」

「今のままでもわたしは充分に嬉しいですよ」

みな美が、激しく首を横に振った。「武田先生が愛してくれなければ、わたしの一方通行になってしまいます」

「つまり……」わたしは、次の言葉をどうしても口にすることができなかった。

生物実験室は静まり返り、渡り廊下で練習している吹奏楽部の管楽器の音色が聞こえてきた。野球部のバッティング練習の金属音も響いている。

みな美が先に口を開いた。

「私を抱いてください」

「それはできません」

「どうしてですか」みな美が真剣な眼差《まなざ》しになる。

……みな美にはすべてを打ち明けよう。それが、彼女のためでもある。あの出来事を話してしまったからには、もはや隠し事をする必要はない。

「実は、わたしには正常な男性機能がありません。あの日以来、ずっと勃起不全です。だから、あなたを抱きたくても物理的に不可能なのです」

「トラウマによる心因性なんですね」みな美は申し訳なさそうな顔で言った。

わたしは、頷いた。「あのとき、文音さんを助けられなかった罪悪感が原因だと思います。なので、お恥ずかしいですが、わたしは未《いま》だ童貞です」

みな美は、俯き押し黙った。

「わかっていただけましたか？　こんなわたしに、あなたを抱ける資格があるはずもないのです」

「すいませんでした。何も知らずに責めるようなことを言って」

わたしは、再びクッキーをかじり、みな美が淹《い》れてくれたミルクティーを飲んだ。みな美は依然、俯いたままだ。

しばらく、沈黙が続いた。クッキーを食べ終え、ミルクティーも飲み終えたわたしは、うなだれているみな美に声をかけた。

「ご馳走様でした。とても美味しかったです。そろそろ、職員室に戻りませんか」

返事をしてくれないので、わたしは立ち上がり、生物実験室を出ようとした。息苦しい空気から逃げ出したい気持ちもあった。

「私も罪悪感を抱えることにします」みな美が、絞り出すような声で言った。

「……どういう意味ですか」

みな美は、強く決意した目でわたしを見上げた。

「武田先生の愛し方を変えようと思います。他の誰にも真似できない、私だけの愛し方があるはずです」

わたしは、みな美の迫力に気圧《けお》された。「具体的には、どういった方法で……」

「武田先生を守ります」

「守る？」

「まずは、武田先生のことを馬鹿にしている連中に復讐をしようと思います。誰に復讐して欲しいですか」

次は、わたしが押し黙る番だった。みな美の突飛な考え方に戸惑い、理解ができなかった。

みな美は立ち上がり、臭いわたしを躊躇なく、抱きしめた。

「誰に復讐して欲しいかはわかります。オーストラリアの海岸では酷い目に遭わされましたもの」みな美は、わたしの耳元で囁いた。「火石、山下、杉林、風見の四人ですね」

＊

わたしは、ベッドの下から這い出した。

杉林たちがリビングにいる間に、移動するためだ。次のクシャミは命取りになる。そして、何より、〝獲物〟の一人が身動きのとれない状態で待っているからだ。

クローゼットの扉を、そっと開けた。哀れな火石が、大型ゴミのように転がされている。

煮るも焼くも、わたしの自由だ。

20

火石の体を踏まぬよう慎重にクローゼットに入った。

扉を閉めて、火石の顔を至近距離で確認した。まるで、眠っているかのように安らかな表情で静かに呼吸を続けている。

さあ、どうする？　みな美の仇を取る絶好の機会だぞ。

ここで、火石の命を奪うのもひとつの方法だが、果たしてそれでいいのだろうか。

そもそも、どうやって殺せばいい？　わたしの手元にある武器は、ハンマーしかない。こんなものでぶっ叩いたら、すぐに杉林たちに気づかれる。火石は脳味噌が少ないから、さぞかしいい音が鳴るだろう。

首を絞めるやり方もあるが、絞めている途中で意識を取り戻し、暴れ出したらやっかいだ。手足をガッチリ拘束しているとはいえ、こんな狭いクローゼットの中で体を激しく動かされれば、積んである靴箱が崩れ落ちるだろう。呻き声も漏れて、リビングに聞こえてしまう。

杉林は包丁、山下はネイルガンを持っている。風見も負けじと武器を調達したかもしれない。寝室に戻ってこられたら、それこそわたしは袋の鼠だ。

そこで、自分のスマートフォンを取り出し、メールの文章を打ち込んだ。

『山下先生。風見先生が不倫していたことはご存じですか？　わたしは、二カ月前に彼から相談を受けていました。みな美先生が自殺未遂を起こしたのは、彼との関係が原因だと思います』

すかさず、山下の携帯電話に送信する。この文章を読めば、リビングの三人はかなり混乱して大揉めするだろう。

数秒後、山下の大声が聞こえてきた。

「風見君、何だよ、これは！　君は武田先生にどこまで話したのだ！」

「あんな変人に相談なんてしませんよ！　するわけないじゃないですか！　神に誓ってもいいですよ！」

「神などいない！」山下の怒号が響き渡る。「現実を直視したまえ！　私たちは、過失とはいえ、みな美先生を殺してしまったのだぞ！　身代わりになる武田先生が、ここに来てくれないと全員が破滅するのがわからないのか！」

「わかってますよ。僕だって刑務所になんか行きたくないですよ。だから、さっき山下先生に突き飛ばされて頭に怪我までしたんじゃないですか」

奴らが揉めている隙に、新たな武器を調達しよう。わたしは、火石のカーゴパンツのポケットを弄った。

出てきたのはタバコにジッポーライター、財布、車のキーケース、自宅の鍵、チューインガムとポケットティッシュだけだ。

ジッポーライターとチューインガムとポケットティッシュを頂戴し、残りの物を火石のポケットに返した。さっそく、ポケットティッシュを数枚取り出して鼻の穴に詰める。アレルギーのせいで鼻水が止まらなかったから助かった。

チューインガムも一枚食べる。ミント味だ。ガムを嚙むとアルファ波が高まり、リラックス効果を得ることができる。復讐中にリラックスするというのは矛盾を感じないでもないが、今は冷静な判断が必要なときだ。実験と同じで、手順を間違うとすべてが台無しになってしまう。

目の前にいる火石をどうすべきか？　武器を持った杉林たちにどう対抗すべきか？　長尾虎之助をどうやってこのマンションから逃がすか？

何としても、長尾虎之助だけは守らなくてはいけない。この事件がスキャンダルに発展し、プロ野球選手への道が途絶えることだけは避けなければ……。

「山下先生、ここは別の考え方をしてみましょ」杉林の声が聞こえた。

「別の考え方とは何だ？」

「風見君と武田先生が本当に何も関係ないとしたら？　そこから、発想の転換をしていくんです。武田先生は、ついさっき、メールで嘘をついたでしょ。風見君から不倫の相談を受けていたというメールが本当のことだとは思えないですよね」

「そうですよ。僕と武田先生のどっちを信じるんですか」風見が、山下を責める。

山下が声を裏返して反論した。「では、なぜ、武田先生は不倫のことを知っている？　風見君以外に教える人はいないだろ。当てずっぽうだとは言わせないぞ。偶然にもほどがある」

「みな美先生が武田先生に風見君との不倫のことを教えたんじゃないですか。それ以外に考えられないでしょ。じゃないと、武田先生がエスパーになってしまう」

「みな美先生が恐喝相手にペラペラと喋ったのか。どうも腑に落ちんな……」

「だから、別のアプローチをするんです。みな美先生は武田先生を恐喝していなかった。もっと、別の関係だったとね」

「あんな変態と、どんな関係があるのだ」山下が、苛つきながら言った。「杉林先生の考えをぜひとも聞かせてくれたまえ」

「オレは、二人が恋人同士だったという線があるんじゃないかと思うんです」

……鋭い。わたしは、クローゼットの中で思わず、後退りしてしまった。踵《かかと》が火石の脚に当たって転びそうになる。

「ない、ない。それはないですってば」

風見が、ケタケタと笑い出した。山下も一緒になって笑う。

杉林が、気にせず憶測を続けた。「夏休み前、たまたま、みな美先生が生物実験室に入るところを目撃したんですよ」

風見と山下が笑うのを止めた。

「……それは、武田先生に何か用事があったのではないか。ストーカーを止めてくれと苦情を言いに行ったのかもしれん」

「みな美先生なら面と向かって言いそうですもんね」風見が、山下の意見に同意する。

「オレも、最初はそうかなと思いましたよ。でもね、みな美先生の顔が嬉しそうに綻《ほころ》んでいたんです。まるで、恋をしている乙女の顔でした。ちょうど、次の日、みな美先生とラブホテルで会ったから問い詰めたんですけどね。『気のせいじゃないの』と笑って誤魔化されました。彼女曰く、生物実験室に行ったのは、ストーカーの苦情を言いに行ったとのことでした。そのときは、オレも納得したんですけど、さっきの武田先生からのメールで思い出してピンと来たんです」

「まあ、そうかもしれんが……それだけの理由で二人を恋人同士だと決めつけるのは乱暴すぎやしないか」

「理由はまだあります」杉林の声がひときわ低く、力強くなった。「このマンションですよ。もの凄く違和感を覚えませんか。インテリアの趣味にしても、ワインのチョイスにしても、二十代の女性のセンスやないでしょ。オッサンくさいと思いません？」

わたしは、ゴクリと唾を飲み込んだ。全身から冷たい汗が噴き出す。杉林は核心に近づいてきている。

「それ、僕も感じてました。みな美先生のキャラクターからして、もっと可愛らしい部屋なのかと思っていましたよ」風見が、興奮した口調で話を合わせる。

「まさか……」山下が絶句した。

「寝室以外の部屋も確認しましょ。そうすれば、謎が解けるんじゃないですか」

とうとう、バレる日が来たのか。

不思議な気持ちだ。胸の奥につかえていたものが取れて、心が軽くなる。

みな美が死んでしまった今、もう隠す必要もない。

＊

一昨年の秋から、みな美の復讐は始まった。

わたしは、「無意味な復讐を続けるのなら、もう君とは話もしない」と強く断ったのだが、彼女は聞き入れてくれなかった。

みな美が選んだ復讐の手段は、火石、山下、杉林、風見の四人と不倫関係を持ち、彼らから金を脅し取るという卑劣なものだった。

いわゆる、恐喝だ。みな美は、奪った金をすべてわたしの家に送りつけてきた。

わたしは何とかしてみな美から嫌われるために、ストーカーまがいの真似を繰り返したが、彼女には涼しい顔で受け流された。

「頼むから、あんな真似はもうやめてくれ」

わたしは、みな美を自分のマンションに呼び出し、何度も懇願した。彼女の思考や行動がまったく理解できず、恐怖でもあった。

「武田先生が私のことを愛してくれるのなら、すぐにでもやめます。早く、私を抱いてください。そうすることで私はやっと本当の信頼と愛を得ることができると思うんです。そして、武田先生の苦しみを取り去ることも」みな美が、わたしの寝室のベッドを指した。

「何度も言っているだろ。物理的に愛することが不可能なのだよ。わかってくれ」

「わかりません」

みな美は力強い眼差しでわたしを射貫く。

「そんなにも、わたしを苦しめたいのか」

「苦しめているのは私ではありません。武田先生が自分自身を追い込んでいるんじゃないですか。過去の出来事を忘れることができず、自分の首を絞めるように苦しめています」

「……忘れられるわけがないだろ」わたしは全身を震わせて言った。

三十二年前の悪夢の光景が蘇る。文音は、涙を流しながらわたしのほうを見ていた。まだ十八歳で未熟者のわたしは、声も出せず、文音を助けられなかった。あのとき彼女を助けることができたのは、わたしだけだったのに。

「でも、許すことはできるはずです」みな美は、責めるようにわたしを見つめ続けている。

「誰を許せばいい」

「あの日の自分ですよ」

十八歳のわたしは、文音に夢中だった。文音はわたしより五つ上の二十三歳で、ほぼ住み込みのような形で働くハウスキーパーだった。色が白くて、ひどく大人しい女性だった。わたしたちは、ほとんど会話を交わせなかったが、互いに強く惹かれていた。

わたしに母はいなかった。兄弟もいない。父一人に育てられた。

育てられたと言っても、多忙な父がわたしの面倒を見られるわけもなく、コロコロと変わるハウスキーパーたちが、わたしの育ての親だ。

文音は、七代目か八代目かのハウスキーパーだ。それまでは五十代より上の女性だったのが急に若くなったので、年頃のわたしは戸惑いを隠せなかった。

わたしの父は、野心家で働き者で、そして、成功者であった。全国でも指折りの心臓外科医で、常にドイツやアメリカやらと世界を飛び回り、自宅に帰ってくるのは月に一度か二度あればいいほどであった。

母は、父の部下だったらしい。わたしが生まれて一年も経たぬうちに、「無能だ」とレッテルを貼られ、病院をクビになった上に、一方的に離婚を言い渡されたのである。

そういうわけで、わたしは母の顔は知らないし、父が母のことを何も話してくれなかったので、人物像や性格さえもわからないままだ。

わたしは、高校を卒業するまで神奈川県の葉山で過ごした。父が、神奈川県にある、心臓病の治療では全国トップクラスの病院に勤務していたからだ。

住んでいた場所は、葉山の別荘地。小説家や大御所の芸能人の屋敷が徒歩圏内にあった。わたしの家も、まわりに負けず劣らず豪邸だった。有名な建築家がデザインしたコンクリート造りの、当時にしては近代的な家でかなり目立っていた。

文音が来るまで、その家に、いい思い出はない。ただ、寒々しかったことだけ憶えている。外に出れば一色海岸《いっしきかいがん》からの潮風が冷たく、家に入れば孤独感に息が詰まりそうだった。

ところが、文音がハウスキーパーになってから、大げさではなく、人生が薔薇色に変わった。家には新鮮な花の香りが漂い、家で家事をしている文音を見るたびに胸がときめいた。

わたしは、ずいぶんと遅れてやってきた初恋に、思う存分身を焦がしては幸せを嚙みしめていた。

ある日、海岸の散歩から帰ってくると、ピアノの音がした。

庭に回り、窓から覗いてみると、リビングのグランドピアノを文音が弾いていた。あまりにも美しく切ない音色に立ち竦《すく》んで動けなかった。

「ベートーヴェンのピアノ・ソナタ第8番ハ短調『悲愴』第2楽章ですね」みな美が、わたしを強引に過去から引きずり戻した。「それがきっかけで、武田先生と文音さんの距離が縮まった」

「縮まったわけではない。ピアノを教えてもらうことになっただけだ。音楽の話以外はとてもじゃないけどできなかった」

「でも、ピアノのレッスンのときは隣に座るじゃないですか」みな美の瞳の奥に一瞬、嫉妬の炎が揺らいだ。「そして、いつしか二人は恋に落ちた」

「……文音の話はもうやめにしないか」

「やめません」みな美が、きっぱりと言った。「武田先生が自分を許すまでは」

「帰ってくれ」

わたしは、みな美の腕を摑んで寝室から追い出そうとした。しかし、彼女はわたしの手を振り払い、話を続けた。

「あの日……事件があった日、武田先生は文音さんの寝室にいた」

「やめろ……」

「キスまではしたんですよね。もう少しで二人は初めて結ばれるところだった」

「やめるんだ！」

わたしは、自分のベッドに腰掛けて頭を抱えた。ひどい頭痛と吐き気がする。

あの夜のわたしは有頂天だった。美しい文音は、たしかにわたしの腕の中にいた。細くしなやかな抱き心地は一生忘れることはない。

帰る予定ではなかった父が、突然に帰ってきた。気がついたときには、父は文音の部屋のドアを荒々しくノックしていた。

文音は、咄嗟にわたしをクローゼットに隠した。大人が一人しか入ることのできないほどの狭い場所だ。扉の隙間から部屋の様子が少しだけ見えた。父は、部屋に入ってくるなり文音を床に押し倒した。強引に口づけを迫り、拒否されると平手で文音の頰を何度も打った。

こんな父を見るのは初めてだった。わたしは、あまりの父の変貌ぶりにショックを受けて身じろぎすらできなかった。ただ、膝だけがガクガクと震えていた。父は「わかっているだろう。僕は君を優しく扱いたいんだよ」と言いながら、自分のベルトで文音の両手を縛りつけた。「いくら声を出そうが誰も助けに来ない。もし、終わったあと君が警察に駆け込んだら僕は死んでしまう。ずっと前から君に恋をしていたんだ」と呪文のように言いながら父はズボンと下着を脱ぎ、文音の服を引き裂いた。

「どうして、文音さんの寝室に入ってきたお父さんを止めることができなかったんですか」

またもや、みな美がわたしを引き戻す。

「……恐ろしかったからだ」

みな美が、ゆっくりと首を振った。「違うわ。他の理由があったはずです。そのことを武田先生は、ずっと許せないでいるんですね」

わたしは、驚きと共に顔を上げた。「そこまで、わかっていたのか」

みな美が、誇らしげに胸を張った。「女は愛する人のことなら、何でもわかるんです」

あの夜、父は、涙を流しながらクローゼットを見つめる文音に覆い被さり、野良犬のように腰を振っていた。わたしはその様子をクローゼットの扉の隙間から見て、あろうことか勃起してしまった。助けることができなかった上に、愛する人が凌辱《りょうじょく》されるのを見て興奮した自分が、世界で一番汚らしい生き物に思えた。

次の日、文音は何も告げずに去って行った。

わたしは、もう誰のことも愛さないと強く誓った。

みな美が、両膝をつき、わたしの手を取った。

「私も汚らしい自分を許します。だから、武田先生も自分をお許しになってください」

みな美は、わたしのために愛してもいない四人の男に抱かれていたのだ。わたしが、自分を許せるきっかけを作るために。

「それが、君の愛情表現なのか」

みな美が頷き、額をわたしの額へとくっつけた。

「誰にも文句は言わせませんわ」

＊

クローゼットの中の火石が低く呻いた。

目が覚めたのかと思ってハンマーを構えたが、火石の意識は戻っていない。

「やっぱり、このマンションは武田先生とみな美先生の愛の巣でしょ」杉林の勝ち誇った声が聞こえてきた。

残り二つの部屋には鍵をかけていたが、工具を使ってこじ開けられたようだ。ひとつはわたしの書斎として使い、ひとつはみな美の衣装部屋として使っている。書斎にある生物の専門書だらけの本棚を見れば、わたしの部屋だと丸わかりだろう。

「二人はグルだったんですね」風見も声高々に言った。「だから、この部屋を僕たちの不倫では使わなかったのか」

「どうして武田先生が現れないのかも、納得できたな。しかし、あの不自然なメールや電話は何だ？　まるで、私たちの会話を聞いていたかのようだぞ」

「盗聴器でも仕掛けてあるんでしょ」杉林が言った。「寝室のアインシュタインが怪しくないですか」

マズい。虎之助が見つかるぞ！

わたしは、クローゼットの扉の隙間からアインシュタインの写真を見た。

舌を出したアインシュタインが、弾けるようにふっ飛んだ。壁の穴から長尾虎之助がベッドに飛び降りる。

わたしは、クローゼットの扉を開けた。

「そちらに、お邪魔してもいいですか」長尾虎之助が、小声ながらも不敵な笑みを浮かべた。

「ああ、一緒に戦おう」

わたしも微笑み返す。今夜だけは、絶対に逃げない。

第四章　最後の聖戦

21

僕の頭は久しぶりに《ゾーン》に突入した。

《ゾーン》とは、簡単に言えば、一流のスポーツ選手が体験する超絶好調の状態だ。プロゴルファーなら、グリーンやカップが通常よりも大きく見えたり、サッカー選手ならば、ディフェンダーやゴールキーパーの動きがスローモーションに見えることがある。火石が得意気に話していた川上哲治の「ボールが止まって見えた」逸話も《ゾーン》のひとつだろう。交通事故に遭ったとき、周りの景色が鮮明に見える現象とも似ている。要は、脳が一瞬だけ高速回転しているのだ。

僕も野球の試合で何度か《ゾーン》を体験した。バッターが何の球を狙っているか読めたり、キャッチャーが目の前にいるような感覚になった。そのときは百パーセント、打者を抑えられる。大して力を入れなくても剛速球を投げられたり、信じられないキレで変化球が曲がったりするのだ。

僕は、自分の服を左腕で抱えたまま、ベッドの上に転がっていたアインシュタインの写真の額を蹴り上げた。

アインシュタインがフワリと浮かぶ。《ゾーン》に入っていた僕は、まるで、スローモーションでアクションをするハリウッド俳優みたいな動きができた。

宙に浮いた写真の額を右手で摑み、体を捻《ひね》って元あった壁にかけた。僕の時間の感覚では三分ぐらいかかったけれど、実際は三秒も経っていないはずだ。

次に音もなくベッドを降り、クローゼットへ向かう。廊下からは寝室に向かってくる杉林たちの足音が聞こえてきた。

「急げ」武田の口パクも、スローモーションに見える。

僕はクローゼットに飛び込み、武田が扉を閉めた。少し落ち着き、時間の感覚が元に戻る。《ゾーン》は長持ちしてくれない。

やっと、服が着られるよ。僕は四角い穴から持ってきたTシャツを急いで被りつつ、ジーンズを穿いた。足元で火石が寝ているから非常に着づらい。

武田が、右側に寄ってくれた。僕は左側に立ち、並んで寝室の様子を観察した。一人のときよりかなり狭いが、文句を言える立場ではない。

とりあえず、今は武田と共に戦う。プロ野球選手になる夢を、どんなことがあっても諦めてたまるか。

デジタル時計を見た。午前四時。クライマックスは近づいている。

「絶対に、この部屋に盗聴器があるでしょ」

包丁を持った杉林が、寝室に現れた。続いて、ネイルガンを持った稲次郎とフライパンを持ったコーチンが登場する。三人とも教師から凶悪な悪役面に変貌していた。ハリウッド映画なら物々しいBGMが鳴るところだ。

……すげえ、重装備だよ。僕は武田と顔を見合わせ、互いの武器を確認した。

こっちの武器はといえば、武田が持っているのがハンマーと火石のジッポーライター。僕が持っているのが万年筆と制汗スプレーだ。武田がガムを嚙んでいるが、さすがにそれは使えない（彼の鼻に詰めてあるティッシュは言うまでもない）。

「アインシュタイン先生、失礼します」

ベッドに飛び乗ったコーチンが、おどけた調子で、アインシュタインの写真を壁から外した。

「な、何だ、この穴は」稲次郎が、体を仰け反らせる。

三人が、ついさっきまで僕が隠れていた壁の四角い穴を見て、愕然とした。

「……忍者の隠し部屋みたいだ」コーチンが穴を覗き込みながら言った。「て言うか、こんなものを勝手に作って大家さんに怒られないんですかね。にしても、さすがに空気が籠もってますね」

「金庫用のスペースでしょ。元からあるんだろ」杉林が、まったく驚きもせずに言った。

僕は、チラリと武田を見た。『そのとおりだ』とばかりに頷く。なるほど、元から隠し金庫用に設置されていたスペースを〝覗き部屋〟として使っていたわけか。

いや、使うなよ。僕も何を一人で納得してるんだ。

僕の初体験を覗こうとした変態と、こんな狭いクローゼットに閉じ籠もるのは、悪夢以外の何物でもないが（火石とも一緒なのが、さらに最悪だ）、ここは協力してピンチを乗り切るしかない。

「金庫だと？　生意気な奴め……」稲次郎が、今までにない力強さで舌打ちをする。

「いいじゃないですか別に。肝心の金庫はないんですし」

杉林が宥めようとするが、稲次郎の舌打ちは止まらない。

「下品な成金趣味だよ。さらに解せないのは、武田先生の普段の恰好だ。金があり、こんなマンションに住んでいるくせに、なぜ、あんな汚らしい姿でいる必要がある？　誰か理由を説明してくれよ」

「それは、本人に訊いてみないとわからんでしょ」

「こんなスペースがあるなんて、さすが高級マンションですね」コーチンは、稲次郎が怒っているのに気づかず、惚れ惚れした顔で言った。「僕だったら安物でもいいから金庫を置きますね。中身は空っぽでもハッタリが利きますもんね」

まさに、コーチン自身のことを言っているみたいだ。とにかく、彼の数学の授業はスカスカで、優等生たちはうんざりしている。《フレミングの左手の法則》を指で作ったときも、プリクラを撮ろうとしているチャラ男にしか見えなかった。

稲次郎が、ネイルガンをガチャリと言わせて胸の前で構えた。「何にせよ、私たちから奪った金をこんな生活に費やす根性が許せない。必ず成敗してみせる。おい、杉林先生、盗聴器はどこにある」

「こんなところにあったりして」コーチンが腹這いになり、ベッドの下を覗き込む。「……それっぽいものは見当たりませんね。すげえ、あちこち埃がたまってる」

「そもそも、盗聴器はどんな形をしてるのだ」稲次郎がサイドテーブルの間接照明やノートパソコンの裏を見る。バルコニーのあるカーテンの裏側もチェックしたが、クローゼットを開けることはなく、ホッと胸をなでおろした。

杉林が肩をすくめた。「見つかりにくいところにあるのが盗聴器ですからね。形も様々ですし。探すだけ時間の無駄でしょ」

奴らは、アインシュタインの〝目〟に気づいていない。写真の黒目の部分を丸くくりぬき、黒いセロファンが貼ってあって向こうが透けて見えるのだけれど、たしかに言われなければわからない。

ツンツンと隣の武田に肩を突つかれた。振り返ると、スマートフォンの画面を見せられた。

『わたしは、彼らの金を一銭も使っていない。このマンションの家賃もすべて自分で払っている』と書かれていた。

……そんなわけないだろ。イチ教師の給料だけで払える額じゃないはずだ。つい、疑いの顔で読んでしまった。

武田が素早い動きでスマートフォンの画面にタッチし、また見せてきた。

『五年前、父の遺産が入ってきた』

まあ、そういうことなら払えるかも。一応、武田には頷いてみせたけれど、疑う気持ちは晴れていない。みな美先生と組んで恐喝していたという話のほうが、リアリティがあるからだ。

武田は僕が頷いたのが嬉しいのか、満足げな顔で再び寝室を覗きだした。

僕も覗く。アインシュタインの〝目〟と比べて、クローゼットの扉の隙間はかなり覗き辛い。

「確かめてみたらどうですかね」コーチンが、悪戯っ子みたいな顔になる。

「何を確かめる?」稲次郎が、手の甲で額の汗を拭い、ワイルドに飛ばした。武器を手にしてから、ウェットティッシュでちまちま手を拭いていたキャラが一変して、逞《たくま》しくなっている。

「本当に武田先生が盗聴しているかどうかですよ」

「いいねえ。試してみる価値はありそうやね。風見君、やってみて」杉林も賛成する。盗聴器があるという自分の意見に揺るぎはないみたいだ。

コーチンが少し顔を上げ、部屋全体に響きわたるように言った。

「武田先生、聞こえますか。もしもし？」

二秒ほど待ち、さらに続ける。

「もし、聞こえているなら、山下先生の携帯電話に返事をください。僕たちは武田先生とコンタクトを取りたいんです。どうか、応答願います」

コーチンが、さらに間を空ける。宇宙人と交信でもしてるつもりか。

隣にいる武田を見ると、クローゼットの扉の隙間から寝室を覗き、口元を歪ませていた。その横顔は、苦笑しているようにも懸命に怒りを堪えているようにも見える。

今度は杉林まで、宙に向けて語りだした。

「こんばんは、杉林です。武田先生に質問があります。盗聴していて、この部屋の様子を聞いていたのなら、どうして、警察に通報しないいんですか」

「それもそうだ」稲次郎が、思わず呟く。

「通報しない理由があるんでしょ。ずばり、恐喝ですね。いくら払えば見逃してもらえますか。金額を教えてください」

武田がスマートフォンでメールを打ち始める。返事をする気だ。

打ち終わった武田が送信した。数秒後、稲次郎の携帯の着信が鳴る。寝室の三人が、顔を見合わせた。

稲次郎が、そっと携帯を開いて確認する。「武田先生だ」

「ほ、本当に返事が来ましたよ」コーチンが杉林の腕を摑む。

「だから、言ったやろ。オレたちの会話はずっと盗み聞きされてたってわけ。ねえ、武田先生」

盗み聞きじゃねえよ。盗み見だよ。

「武田先生は、何て言ってます？」コーチンが稲次郎に訊いた。

稲次郎が、武田からのメールを開いて読み上げる。

「『三億円払ってください』」

三人があんぐりと口を開けた。傑作だ。一人一億円なんて、こんな雑魚みたいな奴らに払えるわけがない。

「馬鹿にするのもいい加減にしろ……」稲次郎が、携帯をへし折りそうな勢いで、顔を真っ赤にさせた。「私の月の小遣いをいくらだと思ってるんだ。二万だぞ……」

杉林が呆れた顔で稲次郎を窘《たしな》める。「山下先生、怒ったら武田先生の思う壺でしょ。これはビジネスと思って割り切ってくださいよ」

「ビジネスだと？」

「武田先生は金が欲しい。オレたちは助かりたい。需要と供給のバランスが取れているやないですか。たぶん、すべての会話が録音されてます。ジタバタしてもしょうがないでしょ。ここは、キチンと交渉するのが唯一の助かる道と思います」

「しかしだな、何をどう頑張っても三億円なんて金を払えるわけがないだろ」

「宝くじでも当たらない限り不可能ですよね。当たるまで待ってくれるわけないし」コーチンも大きめの声で同意する。盗聴されていると思い込んでいるので、武田に聞かせようとしているのだろう。

「風見君、宝くじが当たる確率はどれぐらいだ？　数学教師の腕の見せどころだぞ」稲次郎が訊いた。

コーチンが得意気にメガネを指で上げて答える。「ドリームジャンボ宝くじだと約一千万分の一の確率ですね。まあ、これは、一人一枚しか買ってないという単純計算なんですけど。

百キロのお米に手を突っ込んで《当たり》と書かれた一粒を取り出すぐらいの確率だと思ってください」

稲次郎が顔をしかめる。「そんなもの……不可能に決まっているじゃないか。お米に《当たり》と書くのも至難の業だし」

そこを突っ込んでも仕方がないだろ。稲次郎にはほとほと呆れてしまう。

「でも、その不可能なことがどこかで起こってしまうんですよ。ちなみに、地球が誕生する確率はどれぐらいだと思います？」

「わかるわけないだろ」

「腕時計をバラバラに解剖して箱に入れ、その箱を振って開けたらまた元通りの腕時計に戻っているほどの確率だそうです」

「……奇跡じゃないか」稲次郎が目を丸くした。

「そうなんですよ。奇跡が起きたから僕たちがここにいるんです。まあ、このマンションにはいたくないですけどね」

杉林が二人を無視して言った。「武田先生、オレたちに奇跡は起こせません。だから、値下げして欲しいんですよ。いくらまでなら下げて貰えますか」

僕は、隣の武田を見た。ニタリと笑い、またメールを打ち始める。今や交渉の主導権は武田が握っている。

「返事がきますかね……」コーチンが不安そうに言った。今度は小声だ。

「絶対に来る」杉林が胸を張って答える。このモアイに似た男は、自信を失うということがあるのだろうか。

「武田先生は、一体、どこでこの会話を聞いているのだろう。盗聴器の電波はそんなに遠くまで届かないものなんだろ？」

杉林が、さほど興味のなさそうな顔で首を捻る。「さあ？　オレは世界史の担当なんで、そっちの世界のことはよく知りませんよ。でも、確かに意外と近くにいるかもしれませんね」

近くも近く、目の前のクローゼットにいるよ。ところで、武田はここからどうやって決着をつける気なのだろうか。

メールを打ち終えた武田が、送信する。数秒後、稲次郎の携帯の着信音が鳴り、またもや三人がビクリと反応した。

「何て書いてあります？　読んでください」

稲次郎が、武田からのメールを読み上げる。「『それでは、一億円に値下げしましょう。各自、五千万円の生命保険に入ってください……』」

「そ、それだけですか？」コーチンが前につんのめりそうになる。「支払い方法とか書いてないんですか？　それに、一人五千万円だったら、合計は一億五千万円になるじゃないですか」

「なるほどな」杉林が芝居がかった顔になり、鼻で笑ってみせた。

「な、何がなるほどなんだ。説明したまえよ」稲次郎が顎と腹の肉を揺らして催促する。

「一人は生き残ってもいいってことですよ」

「意味がわかりませんってば」コーチンが苛つきを隠さず言った。かなり、メガネがずり落ちそうになっているが気にも留めていない。

杉林が説明を続けた。「各自が五千万円の生命保険をかけて、受取人を武田先生にする。二人死ねば恐喝終了。つまり、助かりたければ自分以外の二人を殺せってことでしょ。どうですか、武田先生。正解ならお返事ください」

22

三人は、押し黙ったまま、武田からの返事を待っている。

稲次郎が舌打ちの連打をはじめ、コーチンはメガネを外してシャツで拭いた。杉林は腕を組んで突っ立ったままだ。

武田は、すぐにメールを送らなかった。奴らを焦《じ》らすために、わざとゆっくりメール文を打っているんだろう。

これが、武田の復讐なのか……。でも、現実的に考えて、生命保険の受け取りを、家族でもない自分にしたら、すぐに警察や保険会社から疑われると思う。それとも、まだ他に復讐の方法が残っているのだろうか。

武田が、メールを送信した。クローゼットの扉一枚を挟んで駆け引きが進む。

数秒後、稲次郎の携帯の着信音が鳴った。今度は三人とも覚悟をしていたのか、音が鳴っても動じない。

稲次郎が、すぐにメールを開いて読み上げる。「『正解です。さすが、杉林先生は頭の回転が速いですね。それなのに、無能な人たちとこんな事件に巻き込まれて心身ともにお疲れのことだと思います』」

褒め殺しだ。他の二人を挑発している。

「誰が無能だよ。武田先生にだけは言われたくねえって」

さっそく挑発に乗ってイラッときたコーチンを、杉林がすぐさま制する。

「気にすんなって。オレたちを怒らせるのが向こうの狙いでしょ」

コーチンが、「しまった」という顔をして素直に口をつぐむ。単純な男だけに、杉林にとっては扱いやすいだろう。

稲次郎がメールの続きを読んだ。「『皆様は今日から一カ月以内に生命保険に入ってください。一人でも契約しなかった場合は、即座に今夜の録音テープを警察に送ります。四人がみな美先生を殺してしまった衝撃の瞬間が鮮明に記録されていますので。杉林先生は、火石先生を殺して無理心中に見せかけるつもりでしょうけど、その努力も無駄に終わってしまいますね』」

「そこまで先を読まれてんのか。武田先生もやるなあ。もしかして、恐喝の天才でしょ」杉林も逆に褒め殺しで返す。

メールはまだ続いていた。稲次郎が舌打ちをしてリズムを取る。

「『三人の生命保険契約が済んだらゲームのスタートです。一年以内に、誰が生き残るのに相応《ふさわ》しいか話し合ってください。一年経ってもわたしの元に二人分の保険金が振り込まれなければ、録音テープを警察に送らせていただきます。それでは、どうかよろしくお願いします』」

そこで、メール文は終わった。稲次郎が怒りに震える手で携帯を閉じる。

僕は「やりますねえ」という顔で隣の武田を見た。武田はウインクをして、Vサインを作った。

今夜の〝妖怪〟はひと味違う。学園での不潔で気持ち悪いイメージの面影もない。もしかしたら、学園でのあの姿は周りの目を欺くための芝居だったりして。いや、そんなことはありえないけど。

「生き残るのに相応しいのが誰か、話し合えだとさ」杉林が大きな口を開けて笑った。

杉林のこんな顔を見るのは初めてだ。口は笑った形をしているけれど、目はまったく笑っていない。顎が外れたモアイ像に見える。

「そんなの……冷静に話し合えるわけがないですよね……」コーチンが肩を落とす。

武田は、三人を精神的にジワジワと追い詰めている。あえて、〝話し合い〟という言葉を使い、三人に揺さぶりをかけているのだろう。

「どっちにしろ破滅ではないか」稲次郎が憤慨して言った。「火石先生を無理心中に見せかけて、ここから無事に帰れたとしても、この三人で殺し合いを始めなくてはならないのだろ。殺されたくもないし、二人を殺せば刑務所が待っている」

「でも、一年以内に殺し合いをしなければ、今夜の録音が警察に送られて、僕たちは捕まってしまいます」

また、武田が僕の肩を突つき、スマートフォンの画面を見せてきた。

『録音なんてしていないのに、馬鹿な奴らだね』と書かれている。

僕も自分のスマートフォンで、武田と会話をするために《メモ》の画面に文章を打ち込んだ。

『本当に殺し合いをさせるつもりですか』と書き、武田に見せる。

武田はコクリと頷き、自分のスマートフォンをタッチした。

『ただし、一年も待たない。今夜、この場で殺し合ってもらう』と書かれていた。

どうやって？　復讐の方法を聞きたいけれど、寝室で揉め事が始まった。

「すべてを捨ててこの場から逃げようではないか。私は、もう疲れてしまったよ。これ以上、ここにいても何の解決にもならんだろ」稲次郎が演説をするような仕草で二人を説得しようとしている。

「全国に指名手配されてもいいんですか？」コーチンが眉をひそめて訊いた。

「ああ。逃げきってみせる」

「どこにですか？」

「海外に決まっているだろ。東南アジアなら物価も安いし、警察もそう簡単には追ってこないはずだ。フィ、フィリピンだ。そうだ、フィリピンに行こう」

「今、パスポートを持っているんですか」

「あるわけないだろ。一旦、家に取りに帰るよ。ついでに、娘の結婚資金として夫婦で貯めていた金も銀行から下ろしてやる。朝イチの飛行機で日本とも……いや、今までの私の人生ともおさらばだ」

「どうぞ。ご自由に」杉林が、冷たい口調で突き放す。

「杉林先生はフィリピンに逃げないのか」

「山下先生が逃げてくれたら助かりますから」

「助かる？　どういう意味だ」

「指名手配されてもいいんでしょ。山下先生が、みな美先生を殺した犯人やと証言させてもらいますんで。火石先生を殺さなくて済みますし」

コーチンの顔がパッと明るくなる。「それ、助かりますね。山下先生が罪を被ってくれるなら、僕らは堂々と生活できる。警察に怯えなくてもいいじゃないですか」

「ずるいぞ、君たち……フィリピンに一緒に来いよ」稲次郎が、ワナワナと全身を震わせた。

「最初に逃げると言い出したのは山下先生でしょ。責任を放棄するのであれば、それなりのリスクを背負うのは覚悟してくださいよ」

「逃げることも許されないのか……」

杉林が大げさにため息をつく。「どこまで、鈍いんですか。今、オレたちは復讐されてるんですよ」

稲次郎とコーチンがキョトンとした顔で杉林を見た。

「い、一体、何の復讐だ？」

「武田先生とみな美先生は、このマンションで同棲していた。となれば二人は恋人同士ってわけでしょ」

「そうか……僕たちは武田先生の最愛の人を殺してしまったんですね」コーチンが呆然となり、みな美先生のいないベッドを見る。

「……あれは事故だろ」稲次郎が部屋を見渡しながら叫ぶ。「事故なんだよ、武田先生。私たちに殺意はなかった。信じて欲しい。殺すつもりなど微塵《みじん》もなかったのだよ。罪は償う。一生かかっても償ってみせる。頼むから許してくれ」

稲次郎が力なく倒れこみ、両膝をついた。

「許してくれはしないでしょ。武田先生は、オレたちに地獄をみせるつもりです」

「いいや、許してもらう。土下座だって何だってする」

「向こうは盗聴しているんですから、土下座をしても見えないですよ」コーチンが稲次郎を立たせようとした。

「こういうことは形ではない。心だ。誠意があればきっと通じる」稲次郎が、フローリングに額を擦りつける。「武田先生、このとおりだ。私たちを許してくれ」

「武田先生が望んでいるのは土下座なんかじゃないでしょ」杉林が、腕組みをして言った。「仲間同士殺し合って、それで入る大金が希望なんでしょ。というより、オレらの最悪の不幸が見たいんでしょ。だったら、オレらが警察に捕まり、刑務所に放り込まれ、家族と仕事を失って人生が崩壊していく様を見せればいいですか？　それなら自首しましょうか、武田先生？」

自首はマジで困るよ……。今、警察に踏み込まれたら、クローゼットに隠れている僕まで見つかってしまう。

僕は、武田の顔を見た。『自首は困る』と目で訴える。

武田は複雑な表情を浮かべながら、『わかっている』と頷いた。杉林たちが自首をするよりも、僕の将来を優先してくれると言うのか。よくわからないが、武田は本当に僕の味方をしてくれている。

杉林が、低く渋い声を寝室に響かせる。「ねえ、武田先生。自首したらいいですか。もしかして、オレたちがあなたのことを苛めていたのを根に持っていますよね。オーストラリアではすいませんでした。でも、あのときは、生徒たちを楽しませたい一心でやったことなんですよ。それはわかってくれますよね」

武田がメールを打ち、送信した。稲次郎が、着信音とほぼ同時にメールを開いて読み上げる。

「『はい、わかりました。もう、生命保険などは必要ありません』」

そこで、稲次郎が言葉を詰まらせた。声を出さずに目を見開き、続きを読んでいるのがわかる。稲次郎の荒い呼吸だけが寝室に響く。

痺《しび》れを切らしたコーチンが、稲次郎から携帯を奪い取り、続きを読み上げた。「『今すぐに、三人のうちの誰かを殺してください。それで、すべてをチャラにしましょう。今夜の録音テープも破棄すると約束します』」

三人がゆっくりと後退り、互いの距離をとった。寝室に、ビリビリとした緊張感がイッキに張りつめる。

「まさか、武田先生の言葉を信じるのか」稲次郎が、ネイルガンをかまえる。「私はあんな胡散《うさん》臭い男は信じない。信じないぞ。信じてたまるものか」

「信じないのであれば、まずは山下先生が武器を放棄してくださいよ。思いっきり、構えてるじゃないですか」杉林も、包丁を左手から右手に持ち替えた。

「こ、断る。私と君とでは体力的に差がありすぎる。これは、い、いわばハンデみたいなものだろ」

「火石先生を殺すのじゃダメなんですかね。気絶してらっしゃるから、比較的スムーズに殺せますよ」コーチンがフライパンをテニスのラケットみたいに回した。「て言うか、僕だけこんな武器は不公平じゃないですか。調理器具ですよ」

杉林が、顔の前で包丁を振る。「火石先生は残しておかなきゃアカンよ。みな美先生を殺して無理心中に引き込んだ犯人役をやってもらうねんから。今から殺される奴も、火石先生の暴力のせいやということにしないと辻褄《つじつま》が合わないでしょ。二人が争ったことにすれば、二人が傷だらけで死んでいても怪しまれない」

「そうか、火石先生のせいにできるなら遠慮しなくていいんですね」コーチンが稲次郎のほうを向いた。

「落ち着いて話し合おう。これこそ、武田先生の思う壺ではないのか。さあ、武器を捨てなさい。ヘミングウェイも『武器よさらば』と言っているだろ」稲次郎が、またつまらぬことを言い始めた。

「だから、山下先生が率先して捨ててくだされば、オレたちも捨てると言ってるでしょ。いくら文豪を出しても説得力はありませんよ」杉林に、すぐ反論される。

「わ、わかった。ヘミングウェイでダメなら仕方あるまい。武器は同時に捨てよう。それなら公平だろ。イチ、ニのサンで各自の武器をベッドに投げ捨てるのだ」

杉林とコーチンは、稲次郎の提案に返事をしなかった。しっかりと武器を構え、目をギョロつかせながら警戒している。

本当に、今から殺し合いが始まるのかよ。武田は無表情のまま、クローゼットの隙間から覗いていた。

そのとき、僕の足元で何かがモゾモゾと動き出した。寝言みたいな低い呻き声がする。

……ヤバい。火石が目を覚ました。

23

「……マズい。火石先生が目を覚ましたぞ」

稲次郎が、火石の呻き声を聞き取った。

僕は慌てて、意識が朦朧《もうろう》としている火石から目を離し、扉の隙間から寝室の様子を確認した。

三人の男たちが、武器を構えたまま視線をクローゼットに向けている。

「火石先生が目を覚ます前に、僕たちの決着をつけなきゃいけないんじゃないですか」フライパンを握るコーチンの腕に力が入る。

「け、決着とは何だ」

また三人が向き合い、互いの距離を取り合った。

「三人のうちの誰かが死ねば、武田先生は許してくれるんですよ」コーチンがヒステリックに叫んだ。「さっさと、勝負を決めないと。犯人役の火石先生が入ってきたら余計にややこしくなるじゃないですか」

「た、たしかに火石先生を気絶させた杉林先生の努力が、み、水の泡になってしまうな」

そう言いながらも、稲次郎は頻《しき》りにネイルガンを弄くっている。いまいち、使い方がわかっていないみたいだ。

「山下先生、銃口をこっちに向けないでくださいよ！　危ないじゃないですか！」コーチンが、フライパンを高々と上げて威嚇する。

「大丈夫だよ。これには安全装置がついているから、勝手に釘は発射されないようになっている」

「杉林先生、同時に山下先生を倒しませんか。武器のレベル的に二対一でも卑怯じゃないと思うんです。だって、僕の武器を見てください。フライパンですよ。いくらなんでも不利すぎるって言うか、せめてコンロで熱くしてきてもいいですか」

「待て！　こらっ！　風見！　年寄り相手に一人でかかってこれないのか！」

「武器を交換してくれたら一人でかかっていきますよ。せめて、山下先生もキッチン用品にしてくださいよ」

稲次郎とコーチンは完全なパニック状態だ。杉林は、そんな二人に挟まれないように、腰を落として絶妙に距離のバランスを保っている。バレーボールで、敵のサーブを待ち構えるレシーバーみたいな動きだ。

「ああいいとも。それで、納得してくれるなら喜んで武器を替えようではないか。ちなみにキッチンにはどんなものが残っていた」

「お鍋やお玉です」

「おい、ふざけるな！　料理番組ではないのだぞ！」稲次郎が激昂《げっこう》する。

「さあ、早くどちらかを選んできてくださいよ」

「ば、馬鹿。どうして、二つしか選択肢がないのだ」

「時間がないからですよ！　火石先生が蘇ってもいいんですか！」

「二人とも落ち着きましょ」ようやく、杉林が止めに入った。「先に火石先生を殺しておくという手もあるでしょ」

それが一番困るんだよ！　杉林の提案は、毎回、的を射すぎていてかなり鬱陶しい。

今、クローゼットの扉を開けられたら終わりだ。武器を持って興奮している三人の男たちと戦わなきゃいけない。万年筆を握る手の平は汗でべったりだ。このまま突き刺そうとしても滑って上手くいかないだろう。

隣の武田もハンマーを構えて、体勢を低くした。クローゼットが開けられた瞬間、飛び出せるようにしているのだろう。

「ラン……ヒット……ラン」火石が呟く。

突然、背後で喋ったので、僕と武田は飛び上がるほど驚いた。

ヤバい……。口に貼ってあるガムテープが半分ほど外れているではないか。それにしても、何を言ってるんだ、このオッサンは。試合で〝ヒット&ラン〟のサインを出す夢でも見ているのか。

僕はしゃがんで、火石の口にガムテープを貼り直そうとしたが、唾液まみれで粘着力がなくなっている。

「ダメだ。目を覚ますのも時間の問題だ。さっさと火石先生を殺してしまおう。それしかない。待ったなしだ。杉林先生、あの把手で首を吊らせればいいのか」稲次郎が、寝室のドアを指す。

「ちょっと、待ってください」杉林が構えていた包丁をブラリと下げた。「やっぱり、オレ、自首します」

えっ？　いきなり何を言い出すんだよ、このモアイ顔は……。

僕と武田は顔を見合せて、あんぐりと口を開けた。

「何の心境の変化だ、杉林先生。納得できるように説明したまえ」稲次郎が、まだネイルガンを構えたまま言った。

「これと言った理由はありません。納得するまでは、絶対に武器を手放さないという顔をしている。何か嫌な予感がするだけです」

稲次郎がアンパンマンそっくりの顔を、これ以上ないぐらい歪めた。本物のアンパンマンならアンが飛び出しているだろう。

「はい？　き、君は、こんな一大事でも直感を頼りに行動するのかい」

「一大事だからこそ、直感を大切にするんでしょ」

「じゃあ、早くその直感の内容を教えてくださいよ」コーチンがフライパンを振り回して急かす。

「風見君。直感に内容なんてないでしょ。何となく、自首したほうがいいような気分がしてきただけや」

僕は、指を可能な限り速く動かし、スマートフォンで文章を打った。『どうしましょう？　このままでは、本当に自首されますよ』と書いた文章を武田に見せる。

「おいおい、何となくで、自ら望んで刑務所に入るのか」

「もちろん、オレだけやないですよ。火石先生も入れた四人で自首するんです」

「そんな……捕まりたくないからこそ今まで足掻《あが》いてたのに。杉林先生、諦めが良すぎますよ！　息子さんを奥さんに奪われていいんですか！」

コーチンの絶叫に、火石がビクリと体を震わせ、「ないと……ろみお……るなお……」と呟いた。

僕と武田が振り返り、身を硬くした。大丈夫だ。火石はまだ目覚めていない。

それにしても、急に何だ。誰かの名前か……。もしかして、火石の三人の息子？　漢字にしたら騎士と路未央と月男とでも書くのだろうか。つい、くだらないことが頭を過る。

「武田先生、自首してもいいですかね」杉林が、天の神に話しかけるように上を向いて声を投げかけた。

僕と武田は、ひとまず火石を放っておいて、寝室を覗いた。

「オレたちが自首したら困るんじゃないですか？　何となく、そんな気がしてきたんですよ。そもそも、警察を呼べない事情があるでしょ。恐喝したいからという理由で通報しなかったのなら、オレたちに無駄な殺し合いなんてさせるはずがない。何か矛盾を感じます。どうもきな臭い臭いがプンプンするんですよね。だから、今からあえて自首します」

てめえは、名探偵かよ！　鋭いにもほどがあるってば。何で、こんな奴が世界史の教師なんて仕事をやってるんだ。

杉林が、チノパンのポケットから自分の携帯を取り出した。

「一応、実況中継させてもらいますよ。今、オレの携帯電話を取り出しましたからね。これで、いつでも警察に通報できますからね」

稲次郎とコーチンが、ハラハラしながら杉林を見守る。二人は、当然、自首されたくないんだから、今すぐ二人がかりで杉林に襲いかかってくれればいいのに。ここで、ネイルガンを炸裂させなきゃ、いつ使うんだよ。

「三十秒だけ待ちますね。もし、自首されるのがどうしても困ると言うなら、山下先生の携帯にメールをしてください。もう一度、交渉をやり直しましょ」

武田が僕の肩を突つき、スマートフォンの画面を見せてきた。『安心しろ。ハッタリだ』と書かれている。

僕は、武田の目を見つめながら首を振った。安心なんてできません。あの電話一本で、僕の輝ける未来は閉ざされるんです。

決めた。杉林が電話をかけた瞬間、クローゼットから飛び出よう。きっと、また脳が《ゾーン》に入ってくれるはずだ。アスリートとしての自分の能力を信じるしかない。

まずは、イメージトレーニングだ。

クローゼットから出たあと、武器を持っている三人の間をすり抜けて、寝室の隅に置いてある紙袋を拾う。僕のスニーカーが入っている紙袋だ。気をつけなければいけないのは、奴らの凶器攻撃を受けないことだ。ドラフト会議前に怪我をするのは絶対に避けろ。最低でも六球団がドラフト一位指名をしてくれるはずだ。怪我をして四位や五位とかに価値を落としたくない。契約金も天と地ほど変わってくるぞ。この脱出が僕の人生を決める。

中でも、一番危険なのは、杉林の包丁だ。一撃で選手生命を断たれるどころか、本当の生命が危ない。首や胸を刺されないように充分ケアすること。ただ、杉林はかなりリーチがあるから、予測よりも包丁が届いてしまうだろう。時間のロスになるが、大回りしてでも杉林からは距離を取る。次に危険なのは、稲次郎のネイルガンだ。安全装置があるとはいえ、敵は一人じゃない上に寝室は狭い。稲次郎一人だけなら目を瞑《つぶ》ってでも逃げきれるけれど、意外とコーチンのフライパンがやっかいだ。ヒットする面の面積が広く、振り回されたら一発は食らってしまうな。そのときに稲次郎に距離を詰められたら、ネイルガンの餌食になってしまう。それに、寝室からの脱出はリビングへと続くドアのひとつだけだ。フライパンに苦戦している間に、杉林がドアの前に立ちはだかる可能性もある。バレーボールの顧問だけに、守りのポイントは見逃さないはずだ。

厳しめに見積もって、逃げきれる確率は二十パーセントと言ったところか。人生を賭けるにはあまりにも少ない数字だ。

「三十秒経ってしまいましたよ、武田先生」杉林が宣言した。

「念のために、メールをチェックしたほうがいいんじゃないですか」コーチンが、携帯を握り締める稲次郎に言った。

「そ、それもそうだな」稲次郎が慌てて携帯を開き確認する。「メールはない」

「なるほど、武田先生も覚悟を決めたわけですね」杉林が天井を見上げ、間を取った。「じゃあ、オレも覚悟を決めましょ」

いよいよか。僕は呼吸を整え、クローゼットの扉に手をかけようとした。

その手を、武田が摑んだ。「わたしに任せろ」という目で僕を見る。続いて、スマートフォンの画面を見せてきた。

そこには、武田とみな美先生のことが書かれていた。

『君とみな美のセックスを覗こうとしたのにはわけがある。それをみな美が望んだからだ。みな美はわたしとの子供を欲しがったが、残念ながらそれに応えることができなかった。わたしとみな美は、精子の提供者として君を選んだ。君とのセックスをわたしに覗かせることによって、同じ時間を共有したかったのだ』

意味が全然わからないけれど、不思議と納得してしまった。

みな美先生が進路相談室で、「犯人は、武田先生だと思うの」とストーカーの相談を打ち明けてきたのも、僕とセックスをするためだったのか。

なぜだろう。種馬扱いされたはずのに、少しも腹が立たなかった。僕には到底理解できない二人の愛に圧倒されたからかもしれない。みな美先生が武田のどこに惚れたのか、どうして不倫をしていたのか、そんなことはどうでもよくなってきた。今、僕が確かに感じているのは、目の前にいる四人のろくでもない教師たちより、この妖怪のような武田が最も信頼できる正義の男だってことだ。

また今夜、ひとつ学んだ。

人が恋に落ちるには理由なんて必要ない。理屈じゃなく、悪を嫌い、誠を愛する女性がいるのだ。優しすぎるせいで傷ついた人を放っておけない、美しい心の女性がいるのだ。

「許してくれ」武田が、僕にしか聞き取れないような小さな声で言った。

僕は、武田の顔をしっかりと見て頷いた。

武田は何かを思い出したのか潤んだ目で唇を嚙みしめた。そして、僕の手に、火石のジッポーライターを握らせる。

「それでは、只今より警察に自首します。武田先生、オレの自首の言葉を聞いていてくださいね」

杉林がひとさし指を立て、携帯の通話ボタンを押そうとする。まさにそのときだ。

「やめろ」

武田が、クローゼットの扉を開けた。三人が、武田を見て驚愕し、そのうしろに立っている僕を見てひどく混乱した。

クールな杉林でさえ、脅威のイリュージョンを初めて見た子供みたいな顔をしている。

「よくも、みな美を殺してくれましたね」

ハンマーを握り締めた武田が、仁王立ちで言った。

24

「長尾……虎之助なのか」

稲次郎が、クローゼットの中の僕を見て、瞼を高速で瞬きさせる。

僕は何と答えていいのかわからないので、とりあえず、頷いてみせた。

「はあああ」コーチンが、深いため息なのか嘆いているのかわからない声を出す。「まさか、《どこでもドア》が本当にあるとは思ってもみませんでした」

「か、風見君。この期に及んでふざけている場合か」

「だって、このクローゼットの中には誰もいなかったんですよ。火石先生を放り込んだときもそうだったでしょう？　《どこでもドア》を持ち出すしか説明がつかないじゃないですか。もしかして、武田先生が開発したんですか？」

「そんなわけないだろ。武田先生の担当は生物学だ」

杉林が包丁を脇に挟み、嫌味たらしく拍手をした。「凄いじゃないですか、武田先生。盗聴じゃなかったんですね。まさか、寝室に隠れてるとは思ってもみませんでしたよ。どうりで、警察を呼ばれたくないわけだ。急にハンマーがなくなったわけも納得できましたよ。てっきりベッドの隙間にもぐりこんだと思ってましたからね」

「えっ？　隠れてたんですか、どこに？　もしかして、アインシュタインの裏とかですか。あ、あの、変に籠もって臭かったのは……」

「そこだけじゃないでしょ。ベッドの下とかバルコニーも使ったはずや。それらを移動していかないと、さすがに二人で隠れ続けるのは無理でしょ」

「そうか……僕らが寝室から離れていたときに移動してたのか……そりゃ、《どこでもドア》なんかないよな。それでも、凄《すげ》え」コーチンが目を輝かせて感心する。

「長尾虎之助」稲次郎がまた僕の名前を呼び、ネイルガンを向けた。「説明しなさい。どうして、君がこの場所にいるのだ。何があった。そして……何を見た？」

「すべて目撃しました」久しぶりに声を出したので擦れてしまう。

「すべてとは何だ」稲次郎が、ネイルガンをガチャリと鳴らして威嚇する。

釘が発射されないとわかっていても怖い。僕は、顔を銃口から背けながら言った。

「皆さんが、みな美先生をベッドの上で殺した瞬間です」

「あれは事故だ。ちゃんと目撃していたならわかるだろ。先に挑発してきたのは、どっちだ？　えっ？　みな美先生のほうだったろ」

僕は、三人の教師たちを睨み付けたまま何も答えなかった。

「おい、答えろ！　長尾虎之助！　退学になりたいのか！」

稲次郎の前に、武田が立ちはだかる。「退学にはさせませんよ。わたしの命に代えてもね」

「まるで、長尾虎之助の保護者みたいですね」杉林が、脇に挟んでいた包丁を抜いて構え直した。

「教師が生徒を守るのは当たり前です」武田がハンマーを杉林に向ける。「ましてや、子供の夢を大人が奪ってしまうことなど、決してあってはなりません」

「あれっ？　武田先生、いつもとキャラが違いすぎませんか。普段はもっと、気持ち悪くてどうしようもない人なのに、何だかカッコいいじゃないですか。ちょっと、ムカつくんですけど」

コーチンがフライパンを振りかぶったまま距離を詰めてきた。それにあわせて、杉林と稲次郎も近づいてくる。

「何があって、学園一のアイドルと学園一の嫌われ者がコンビを組んだのか興味がありますけど、残念ながら話を聞いてる暇がないんですよね」杉林がチラリとデジタル時計を見た。「もう四時を回ってるでしょ。オレらもいい加減、家に帰りたいんですよ。武田先生、すいませんけど死んでもらっていいですか」

問答無用で殺す気だ。三人とも、目が正気じゃない。さっきまで、自分たちが仲間同士の殺し合いをする寸前までいったせいか、完璧にぶっ飛んでいる。

武田が、三人に向けてハンマーを構えながら、後ろ手でクローゼットの扉を閉めた。

「虎之助君、絶対にそこから出てはいけません」

「武田先生！　殺されるよ！」僕は扉を開けようとした。

「いいから出るんじゃない。ここはわたしの出番なのです。君は引っ込んでいなさい」

静かだけれど凄味のある武田の迫力に負け、僕は扉から手を離した。

「武田先生、カッコよすぎ。マジで、マジでムカつきますね。ムカつきすぎてゲロ吐いちゃいそうですよ」コーチンが、だるそうな顔で言った。

「お互い怪我だけはしないように気をつけて殺そう。ここで怪我をすると家に帰ったときに妻になんて言えばいいかわからないしな」稲次郎が舌打ちを繰り返し、さらに近づこうとする。

その稲次郎に杉林が声をかける。

「山下先生、もう少し離れたほうがいいでしょ。いくら武田先生とはいえ、ハンマーを持っているんですよ。風見君も離れて。第一撃はオレが担当します」

「杉林先生はどこまでも頼もしい男だな」稲次郎がクローゼットの前から離れた。

「よろしくお願いします」コーチンもサイドステップで横に流れる。

杉林が、武田の真正面に立つ。包丁とハンマーの対決だ。

心臓が口から出そうなほど緊張する。杉林の身長は武田の倍はあろうかと思うほど高く、別の惑星から来た生き物みたいだ。

「どうぞ。いつでもかかってきてください」杉林が両手を広げ、わざと隙を作る。

しかし、杉林の体がさらに大きく見えるばかりで、逆に突っ込みづらそうだ。武田は戦う前から早くも息が上がっている。

「杉林先生、妖怪退治お願いしますよ」

稲次郎が、後ろから挑発しても、武田はまだ動かない。

「来ないのならオレからいってもいいんですか」杉林が、横に伸ばしていた右手を正面へと持ってきた。

「うひょお！　リアルファイトだ！」コーチンが奇声を上げ、フライパンを振り回しながらベッドに飛び乗った。

「武田先生。最後に何か言うことはないですか」杉林が低い声で言った。

「告白があります」武田が静かに返す。

三人が武器を持ちながら顔を見合わせた。

「ぜひとも真相を聞かせて欲しいですな」稲次郎が興味津々の顔になる。「一体、武田先生とみな美先生はどういう関係だったのか」

武田が、ひとつ深呼吸をして胸を張った。背中がひと回り大きくなってように見える。

「三十二年前、まだ十八歳のときです。わたしは一人の女性に恋をしました」

全員が、ポカンと口を開ける。僕もクローゼットの中で眉をひそめた。

「な、何の話だね？」

武田は稲次郎の質問に答えず、淡々と続ける。

「文音という美しい人です。わたしにとって、初めての恋でした」

えっ？　僕の母と同じ名前だ……。まさか、武田と知り合いなのか。

「誰ですかそれ？」コーチンが首を傾《かし》げる。「て言うか、この状況で初恋の話かよ」

「わたしは、彼女が酷く傷ついているのを見ていながら助けることができなかった」武田の声が震え出した。「扉さえ開ければ手の届く距離だったのに……」

「武田先生泣いてます？　嘘でしょ」

僕からは武田の涙は見えない。けれども、直感的に母と武田の間に何かがあったということはわかった。

明け方のマウンドで、僕を跨いで仁王立ちになった母を思い出す。

『未来には、まだガキのあんたには想像もつかないような、辛くて恐ろしくて理不尽な出来事が待っている。例外なく、それは誰の身にも降りかかるように人生はできてるの』

母はきっと、三十二年前に辛くて恐ろしい出来事を体験したんだ。僕や父にも語れないほどの過去だ。それが、東京を離れてふらりと一人で新潟に現れた原因だったんだ……。

武田が泣きながらも力強く言った。「わたしは、もう絶対に逃げない」

だから、僕を守ってくれるのか。武田は、母を守れなかったことをずっと後悔しながら生きてきたっていうのか。

「武田先生、しょうもない話はやめてもらっていいですか」

杉林のそのひと言で、武田のスイッチが入った。ハンマーを振りかざし、猛然と杉林へと突進していく。

杉林の長い脚が、タイミングよく蹴り上がる。僕も予想していなかった攻撃だ。誰でも包丁を持っている人間と戦えば手の動きを追ってしまうだろう。武田の右の脇腹に、杉林の左のキックがめり込んだ。ハンマーを振り上げていたので、ガードもできずガラ空きだった。

あっけなく、それで勝負が決まってしまった。武田は脇腹を押さえながら倒れ、苦しそうにフローリングでうずくまった。

「次は風見君がお願い。まずはハンマーを取り上げてや」

「了解！」コーチンがベッドから飛び降りた勢いを利用し、フライパンで武田の背中を痛打した。

ガインと鈍い音が寝室に響きわたる。

「はぐうっ」武田が、痛みに顔を歪めて背中を反らした。

「隙あり！」すかさず、コーチンがフライパンで武田の右手をぶん殴る。

武田の手から、ハンマーが弾け飛んだ。ハンマーはフローリングを滑り、ベッドの下へと隠れてしまった。

ダメだ。見ていられない。僕しか助ける人がいないのに、恐怖で体が動かない。

「次は山下先生お願いします」

コーチンがカラオケの順番を譲るようなおどけた仕草をして、稲次郎を見た。

「さすがに、釘を打っちゃマズいだろ」

「別にいいんじゃないですか。火石先生がやったことになりますし。ねえ、杉林先生。打っちゃっても問題なしですよね」

杉林が包丁を持っていない手で、オッケーサインを作る。

「じゃあ、お言葉に甘えまして……」稲次郎が、亀みたいな防御姿勢を取る武田にノシノシと近づいた。「どこに打てばいいのか迷うな」

「とりあえずは、お尻とかどうですか？」コーチンが陽気な声で助言をする。

「なるほど。柔らかくて刺さりやすそうだ」

稲次郎が武田の尻にネイルガンを当て、トリガーを引いた。

プシュプシュとガスの噴射音がする。

「ぎゃあああああ」武田が絶叫して尻を押さえる。

それを見て、コーチンが爆笑した。

「おもしれえ！　それ、僕にもやらせてくださいよ！」

「ダメだ。君にはフライパンという素敵な武器があるだろう」

調子に乗った稲次郎が、再び武田の尻にネイルガンを押しつけた。

プシュプシュ、プシュプシュ。さっきよりも発射させた回数が多い。

「があああ」

また武田が絶叫して、フローリングを転げ回る。コーチンが手を叩いて喜び、稲次郎が満足そうに微笑んだ。

「ゆ……る……」

震えながら手を伸ばす武田に、稲次郎が顔を寄せた。

「どうしました、武田先生。遺言ですか」

「ゆる……せる」

「許せる？　誰のことを言ってるのです？」

「むかしの……じぶんを許せる……」

「はい？　自分を許す？」

三人が顔を見合わせた。杉林が、何のことかと肩をすくめる。

「何だか、僕たち感謝されてるみたいですよ」

そのとき武田が体を浮かし、コーチンのほうを見ていた稲次郎の髪を摑んだ。

「何をするのだ、貴様！」稲次郎が慌てて武田の手を振り払う。

「うわっ。山下先生、髪の毛に何かを付けられましたよ！」

ガムだ。さっきまで武田が嚙んでいた口臭がたっぷり染み込んだやつを擦り付けたのだ。

ウェットティッシュをこよなく愛する稲次郎にとって、これほど屈辱的な攻撃はない。

「くせっ。何てことをするのだ。クサイ。取れない！」

「やられちゃいましたね、山下先生」コーチンがゲラゲラと笑う。

「許さんぞ。もう容赦はしないからな」

稲次郎が真っ赤な顔でネイルガンを構え、逃げようとする武田の背中に押しつけた。

やめろ！　やめてくれよ！

プシュプシュ、プシュプシュ、プシュプシュ、プシュプシュ、プシュプシュ、プシュプシュとありえないほど発射が続く。

もう、武田は悲鳴も上げなかった。

――その瞬間、僕はプロ野球選手になる夢を諦めた。

クローゼットの中にある武器を使って、あいつらをぶっ殺してやる。この中で、最も強力な武器は何だ？

訊くまでもない。ここに寝転がっている〝猛マン〟だ。

僕は、武田から譲り受けたジッポーライターを使い、火石の両手をグルグル巻きにしてあるビニールテープを炙《あぶ》った。あっという間に、テープが溶けて解《ほど》ける。あとはコード類だ。固く結んであるのを力任せに引っ張って解く。

爪が剝《は》がれてもいい。指が折れてもいい。今度は僕が武田を守る。

寝室の連中は武田に夢中になっていて、僕が火石の拘束を解こうとしていることに気づいていない。

「そろそろ、とどめを刺しましょ。この包丁を使ってください」杉林の声だ。自分でとどめを刺すのが嫌らしい。

「杉林先生がやりたまえよ。それは君の武器だろ」

「ここはジャンケンでしょ。誰だって息の根を止めるのは寝覚めが悪いですから。包丁を使ったほうがサクッと殺しやすいだけで、どの武器を使ってくれてもかまいませんよ」

「しょうがないですよね。誰かがやらなきゃいけないわけですし。さすがにフライパンで殴り殺すのは時間がかかりますもんね」

右手の中指の爪が割れた。激痛が走るが歯を食いしばって絶える。こんな痛みは武田に比べれば屁みたいなものだ。

よしっ。解けた！　火石の体が自由になった。しかし、手を火で炙ったにもかかわらず、まだ目を覚ましてくれない。

「最初はグーでいきますよ。後出しは禁止です」コーチンが、ゲームを始めるみたいな明るい声で言った。

ヤバい。ジャンケンが始まってしまう。

火石、起きろよ！

僕は万年筆で火石の腕を刺した。小さく呻くだけで目を開けない。顔の筋肉がピクピクと痙攣する。

「ジャンケン、ホイ！　あいこでホイ！」

残っている武器は何だ？

制汗スプレーか。使えねえよ……。

投げ捨てようとして、手を止めた。成分表示の横に、《火気厳禁》と書いてある。

「ジャンケン、ホイ！　決まった！　杉林先生だ！　イェーイ！」コーチンが雄叫びを上げた。

てめえら、調子に乗るのはそこまでだ。

僕は制汗スプレーを火石の頭に吹きかけながら、ジッポーライターで火をつけた。

火石の角刈りに限りなく近いスポーツ刈りの頭が、勢いよく燃え上がる。

「熱ッ！」

火石がバネ仕掛けの人形みたいに立ち上がった。

「アチチチチッ！」

自分の頭が燃えているのと、目の前に僕がいるのとで火石はパニックのままクローゼットを飛び出した。扉を開けている余裕なんてない。

クローゼットの扉が弾け飛び、フローリングの床を転がる。中から頭が燃え上がる火石が出てきて三人の男たちは、顎が外れそうなぐらい驚いている。

髪の毛が短いおかげで、火石の頭の火事が自然鎮火する。

「おはよう、先生諸君。今までの人生の中で最高の目覚めやわ」

稲次郎がネイルガンを構えながら後退りした。「とりあえず、冷静になって話し合おう。火石先生を気絶させるアイデアを出したのは杉林先生なのだ」

「ふむふむ」火石が太い首を回し、バキバキと骨を鳴らす。

「僕は最初から反対でした。だって、火石先生がいないと何事もまとまらないじゃないですか」コーチンがチラリと寝室のドアを見た。今すぐにでも逃げ出しそうだ。

「ふむふむ」火石が太い腕を回し、肩の筋肉を盛り上がらせた。

杉林は無言のまま、包丁を構えている。

「虎之助！」火石がグラウンドで練習しているときみたいに、僕の名前を呼んだ。

「はい！」僕も練習のときみたいに返事をする。

「お前が、何でこんなとこにおるのかはあえて聞かん。が、一つだけ教えろ。こいつらは武田のオッサンだけやなしに、俺も殺そうとしとったんか」

「はい！」僕は正直に答えた。

「よっしゃ。ノックや」火石がゴリラみたいな大股でコーチンに近づく。「フライパンを貸さんかい」

「嫌です」コーチンが、即座に拒否する。

「素直に渡したら、お前だけは助けたる」

「はい、どうぞ」コーチンが、即座にフライパンを渡した。

「ふむふむ」受け取った火石が、野球のバッティングの構えをする。フライパンがバット代わりだ。

右打ちの腰を落とした力強いフォームだ。

「ハハハ、カッコいいですね」コーチンが引きつった顔で媚びる。

「やかましい」

火石の左足が上がった。フライパンも天井につきそうなぐらい高く上がる。左足を踏み込み、鋭く腰を回転させた。ひと昔前、「大阪に火石あり」と言われた豪快なフォームだ。

強烈な金属音と共に、コーチンの頭がふっ飛んだ、ように見えた。野球のボールなら確実にレフトスタンドに突き刺さっただろう。コーチンは体を捻りながら弾き飛ばされ、ベッドの上に倒れ込んで打ち上げられた魚みたいにビクビクと痙攣した。

「次は山下先生いきまっせ」

火石がフライパンを右肩の上に乗せ、稲次郎に近づく。稲次郎の顔が、凍りついたような笑顔になる。

「やめろ、やめろ。私は暴力が嫌いだ。火石先生、話し合おう。暴力では何も解決しないぞ」稲次郎がネイルガンを振り回しながら言った。

「ほんじゃあ、その物騒な物を捨ててくださいよ。そしたら、俺もフライパンを捨てますから」

「断る」稲次郎が、ネイルガンを火石の顔に向けた。

「アホか」

また火石がバッティングの構えに入り、フルスイングをした。ネイルガンを避けたフライパンが、稲次郎の突き出た腹を強打する。

バチコン、と布団叩きの百倍ぐらいデカい音が響き渡った。

稲次郎が白目を剝き、ブクブクと泡を吹きながら前のめりにぶっ倒れる。

火石はめちゃくちゃ、強い。しかし、最後の杉林は身体が大きいし、刃物を持っている。

「降参しましたと言っても許してくれないんでしょ」杉林が諦めの笑みを浮かべて言った。

「そんな気もないくせによう言うわ」

「バレてますか」

「お前は背が高すぎて顔を殴られへんな。金玉で許したろ」

火石が近づこうとした瞬間、杉林が長い脚を上げた。武田に使ったのと同じ前蹴りが、火石の顔面に直撃する。

「足が臭いぞ」火石はビクともせず、退くどころかそのままグイッと顔で杉林を押した。

バランスを崩した杉林が尻餅を突く。

「おっ。ちょうど頭がど真ん中のコースになったやんけ」

火石がニヤリと笑い、さっきの二人のときよりもさらにパワフルにフライパンを振り抜いた。金属音と骨が砕ける音がして杉林の頭がフローリングに叩きつけられる。

……助かった。これで、やっと帰れる。

「監督、ありがとうございます！」僕は、クローゼットの中で頭を下げた。

「お礼を言わなアカンのは俺のほうや。全国の人気者のキラキラ王子が、俺の無実を証言してくれるねんもんな」

「はい？」僕は、恐る恐る顔を上げた。火石の目が据わっている。

「みな美先生と三人の教師を殺したのは誰や？」火石がチラリとベッドの横で倒れている武田を見る。

武田の呼吸が荒い。背中一面から出血している。

「答えんかい。誰がやったんや！　俺か武田のオッサンか、お前はどっちを選ぶんじゃ！」火石がフライパンを手にクローゼットに入ってこようとする。どう考えても、みな美先生の顔に最も力をかけていたのはこの火石だ。その罪から逃れようってことか。

「……プレ……ゼン」武田が、今にも死んでしまいそうなか細い声で言った。

「何て？　オッサン、はっきり言わんかい」

「プレゼント……ある……その中に……」

「意味不明なこと抜かすなボケ」火石がフライパンを武田の背中に投げつけた。

武田が低く呻き、動かなくなる。

僕にプレゼントがある？　このクローゼットの中に？

振り返り、大量の靴箱を見た。ひとつの箱を取り、中身を見た。ハイヒールの靴しか入っていない。ガラガラと崩れ落ちた他の箱から出てきたのも女物の靴だ。

「何やそれ。虎之助にオカマになれってか」火石が笑い飛ばす。「オカマはマッキーだけで充分じゃ」

僕は他の靴箱も手当り次第に開けた。けれど、すべてみな美先生の靴しか入っていない。

火石が、杉林の足元に転がっている包丁を拾った。

「俺と武田のオッサンのどっちを選ぶんか、はよ答えんかい」

靴箱の一番下の段に、ひとつだけ違う箱があった。箱には、《長尾虎之助様　祝！プロデビュー》と貼り紙がしてある。

「虎之助、聞いとんのか！　どっちやねん！」火石が獣みたいに吠えた。

「武田先生を選びます」

僕は、一ダース入りの硬式ボールの箱を開け、一球を握りしめた。プロ野球選手になる夢を諦めたばかりなのに、こんなにも早くボールを持つことになるなんて。中指の爪が割れているから痛いが、全力でストレートを投げたい気分だ。

火石が鼻で笑う。「そんなもんがあったんか。一球で俺を仕留めろや。二球目はないぞ」

「わかってます」

火石の目を見て確信した。目撃者である僕を殺すつもりなのだ。絶対にコントロールミスは許されない。

「でも、お前は外すやろな。甲子園の決勝で押し出しのフォアボールを投げたときと同じ顔をしとるやんけ」

たしかに僕は泣いていた。けれど、あのときの嘘の涙じゃない。プレゼントを用意してくれていた武田の気持ちに感動した、本物の涙だ。

僕はセットポジションに入った。火石が腰を落とし身構える。

「虎之助。よく聞けや。俺はお前が嫌いやった。着々と夢を叶えていくお前が憎らしかってん。何がキラキラ王子じゃ、こっちが恥ずかしくなるわ。言っとくけどな。お前の夢が叶うより、破れたほうが、喜ぶ人間が多いねんぞ。これで、お前は絶対にプロ野球選手になられへん。俺と一緒や。ざまあみさらせ」

うるせえ。終わらせてやるよ。

また、《ゾーン》に入った。火石の動きがスローモーションになる。

ふと、生物実験室で武田に言われた言葉が頭を過った。

『虎之助君。成功した人間になろうとしちゃいけませんよ。価値のある人間になろうとしてください』

武田の言葉じゃなく、アインシュタインか。どっちでもいい。心に響けば誰の言葉なのかは関係ない。

生まれて初めて、人のために投げる。

僕はクローゼットの中で脚を上げ、渾身のストレートを火石の顔面に投げ込んだ。

投球モーションの途中で火石がしゃがみ込むのがわかった。

監督のくせに、僕のピッチングをわかってないな。火石の顔が、ちょうど僕の一番得意なアウトコースにくる。

腰を回転させ、胸を張り、右腕を思い切り振り抜いた。指先がボールの縫い目にいい感じに引っかかったのがわかる。僕の手から放たれたボールは糸を引くような軌道を描き、火石の顔面を直撃した。

ストライク。いないはずの球審の叫び声が聞こえる。

エピローグ　一カ月後

「ちょうど、ドラフト会議の時間ですね」

目の前に立っている武田が、腕時計を見て言った。松葉杖をついている姿が痛々しい。

「先生もそれを知っていて、わざわざこんなところまで会いに来てくれたんでしょう」僕は、大げさに肩をすくめてみせた。「大丈夫。一ミリも落ち込んでなんかいませんよ」

「でも……プロ野球選手になるのは君の長年の夢だったはずです」武田が、ため息をついて顔を伏せる。

「辛くて恐ろしくて理不尽な出来事が降りかかるのが人生ですから」

武田がハッとして顔を上げた。許しを乞うような目で僕の顔を見る。

「僕の言葉じゃありません。大阪に来る前、母が僕に言った言葉です」

「……わたしと文音さんの間に何があったのか聞きたくはないのかい」

僕は、静かに首を振った。「母が話したくないのなら僕は知らなくてもいいんです。きっと、母はその過去を乗り越えて僕を産み、育ててくれたと思います」

武田が息を漏らした。今度は、ため息ではない。

「君は大人になったな」

「いいえ、まだ大人にはなりたくないです」

一カ月前の悪夢の夜——。僕の投げたボールは火石の顎を砕いた。そのあと、すぐに救急車と警察を呼び、僕は駆けつけた警官にすべてを話した。

当然、次の日からマスコミは大騒ぎし、連日、僕のニュースが世間を賑わした。火石たち四人の教師は逮捕され、僕は退学になった。もちろん、どこの球団も僕から手を引き、プロ野球選手になる夢は断たれてしまった。

「武田先生こそ、怪我のほうは大丈夫なんですか」

武田が無理やり笑顔を作り、言った。「一カ月近くも入院したからね。きちんと食事も出たし、以前より体の調子がいいぐらいだよ」

武田は髪を切り、肌つやも良くなり、別人みたいにキャラが変わっていた。不潔な印象もまったくない。高級そうなスーツを着ているせいか、渋くて貫禄がある。これなら、もう誰からも嫌われることはないだろう。

「母に会わなくてもいいんですか」僕は遠慮がちに訊いた。

「会いません」武田が何の迷いもなく言った。「これからは、自分の人生を楽しむので精一杯なので」

武田が右手を差し出した。僕はその手を固く握り返す。

「武田先生、空港まで送っていかなくてもいいんですか？」

「大丈夫。トレーニングの邪魔をしちゃ悪いからね。では、また会える日を楽しみに待っているよ」

武田は僕の手を離し、一度も振り返らずに去っていった。僕も武田に背を向けて、誰もいないボロボロの球場のマウンドに向かって走る。設備は整っていなくても、アメリカの球場には味がある。

清冠学園を退学になった僕は、単身で渡米した。来年からアメリカの独立リーグの《ワシントン・ワイルドシングス》のユニフォームを着ることになった。メジャーリーグへの道は遥かに遠い。でも、野球をやめない限り可能性はある。

僕は並のピッチャーなんかじゃない。新潟が生んだスーパースター、長尾虎之助だ。

マウンドに仁王立ちになり、誰もいない打席を睨みつけた。

よしっ。イメージトレーニングだ。息を静かに二回吸って、二回吐く。ワールドシリーズのマウンドに立っている自分の姿をイメージしろ。優勝を決める最後の一球。バッターの胸元をえぐるストレートで決めてやる。そして、全米のスーパースターになった僕はハリウッド女優と結婚するのだ。

メジャーだけに、女子アナなんて目じゃないぜ。

……ダメだ。こんなダジャレがエンターティメントの本場アメリカで通用するわけがない。

まずは、ユーモアの特訓だ。でも、どうすればいい？　エディ・マーフィの映画でも観ればいいのか？　長年、純朴な青年を演じていたせいで、ギャグのセンスは皆無に等しい。せっかく、笑いの本場である大阪に三年間も住んでいたのに、勿体ないことをした（だからと言って、大阪の連中みたいにボケとツッコミで人生の大半を費やしたくないけれど）。

くそっ。アメリカでも、キャラ作りに苦労しそうだ。

トレーニングウェアのポケットから硬式ボールを出した。武田のプレゼントの十二球はスーツケースに入れて持ってきた。

大きく振りかぶり、芝の香りが漂う球場の空気をたっぷりと吸い込む。

とりあえずは、投げる。この一球から、新しい伝説が始まるのだ。

僕はアメリカの空に向かって、脚を高々と上げた。人生最高のストレートが投げられる予感がした。

【参考文献】

『アインシュタイン150の言葉』(ディスカヴァー・トゥエンティワン)

「太宰治から君へ」「支配者・独裁者・革命家の名言」(以上HPより)

この作品は書き下ろしです。原稿枚数445枚（400字詰め）。

悪夢《あくむ》のクローゼット

木下半太《きのしたはんた》

平成23年10月15日　初版発行

発行人――石原正康
編集人――永島賞二
発行所――株式会社幻冬舎
〒151-0051東京都渋谷区千駄ヶ谷4-9-7
電話　03(5411)6222(営業)
　　　03(5411)6211(編集)
振替00120-8-767643
印刷・製本―株式会社　光邦
装丁者――高橋雅之

幻冬舎文庫

ISBN978-4-344-41743-4　C0193　き-21-8